最後の一文

共立女子大学教授
半沢幹一

笠間書院

はじめに

小説の最初の一文には、覚えているものが多いのではないでしょうか。かつて齋藤孝『声に出して読みたい日本語』(草思社)という本が評判になりましたが、そこで取り上げられている大半が、日本の古今の文学作品の冒頭部分でした。最初の一文には名文が多いとも言われます。

それでは、最後の一文のほうはどうかというと、結末の内容は覚えていたとしても、その一文そのものがどうだったか、ほとんど記憶に残っていないのではないでしょうか。

かく言う私自身も、普通の読者としてはまさにそのとおりで、他人のことをどうこう言える筋合いではありません。じつは、文章構造に関する学問分野においても、冒頭部分に関する研究はそれなりにありますが、末尾部分に焦点を当てる研究はほとんど見当たりません。

いったい、なぜなのでしょうか。

最初の一文は、その文章全体の内容に関する情報はまだゼロですから、原理的には、どのように書いてもかまわないはずです(実際には、文章のジャンルによってパターンがあるのですが)。対して、最後の一文はそこまでの文脈情報のすべてを背負っていますから、どうでもいいわけにはいきません。その終わり方が開かれていようと閉じていようと、ハッピーであろうとアン・ハッピーであろうと、いや、そもそもそういう解釈の前提として、そこまでの文脈との関係が否応なく問われるのです。

最初の一文も最後の一文も、文章における物理的な位置を示すだけではありません。文章全体の構造において、どのような役割・効果があるのかということが、それら以外の位置にある文よりも、はるかに重い意味を担っています。たとえば、最初の一文は、読み手の興味をいかに引きつけ、その後を読み続けさせるかという意味で重要です。最後の一文は、読み手にどのような読了感を与えるかということに、大きな影響を与えます。

作家の中には、とりあえず書き始めて、後は流れに任せて書くというタイプと、最後の一文が決まらないと書き始められない、というタイプがあります。前者のタイプは長編小説、後者のタイプは短編小説に多く見られるようです。そして、短編小説の場合、最後をどのように終わらせるか、つまりオチをどう付けるかが出来を大きく左右することがあります。また、末尾部分を冒頭部分とどのように照応させて、作品としてのまとまり感や完結感を示すかということもあります。

このように見てくると、最初の一文が、それ単独の表現として印象的かどうかを問いうるのに対して、最後の一文は、文章全体を視野に入れて位置付けられるもの、ということになります。その分だけ、最初の一文に比べて、結果的に一文自体としての印象が薄く、また一文だけで問題にはしにくい、ということでしょう。

本書で、主に近代以降の日本の短編小説を取り上げるのは、長編よりも最後の一文に重きがあり、文章全体との関係が捉えやすく、説明しやすいのではないか、という見込みがあってのことです。実際に取り上げた作品は、一人一作として、学校教科書に載っているものを中心とし、それ以外は、時代やジャンル、最後の一文のありようなどのバランスにも配慮して選びました。

各作品に関する解説のポイントは、三つあります。もちろん最後の一文が第一です。第二に最初の一文、そして第三に作品名です。作品名は本文からは独立しているとはいえ、その命名の仕方は、作品の構成や内容、表現と密接に関わっています。これら三つが、それぞれなぜそのように表現されているのか、そしてそれらがどのように関係し合っているかを軸に、できるだけ内容が重複しないように解説を試みました。

各作品のはじめには、作品名とともに、作品の最後と最初の部分を引用しています。文字どおりの一文の場合もありますが、それを含む複数の文、あるいは一段落という場合もあります。そのほうが一文だけを示すよりも理解しやすいと考えたことによります。

引用は、原則として収録されている教科書あるいは文庫本の本文に従いました。ただし、読解の便宜を最優先して、必ずしも原文の表記どおりではないところもあります。ルビ（振り仮名）も適宜、加減してあります。本文そのものを確かめたい場合は、巻末の読書案内に示したテクストをご参照ください。

本書の一番の目的は、小説の読み方の一つを示すというところにあります。

教科書に採られた作品を多く取り上げたのは、よく知られているだけではなく、なぜか最後の一文が問題にされることが多いということによります。しかし、教育用という窮屈な読み方が目に付くので、本書はそれとは違った読み方があることを知ってもらうというねらいがあります。また、近代の名作と称される作品は、ややもすれば定説として読み方が固定してしまっているきらいがあり、あえて新たな視点から読み直してみるという目論見(もくろみ)もあります。

その手掛かりとしたのが、最後の一文です。極端に言えば、作品のすべてがそこに集約されているのです。解説では、必要最低限、物語のあらすじを紹介する作品もありますが、それは最後の一文が最後の一文として、しかるべき位置を占めることを明らかにするためです。

なお、斎藤美奈子『名作うしろ読み』(中公文庫)という、面白い本があります。作品の最後の一文を取り上げたうえで、解説を加えたもので、体裁という点では本書とよく似ています(取り上げられた作品もいくつか重なっています)。しかし、新聞連載だったせいか分量も少なく、また作品は日本にも小説にも限ったものでもなく、必ずしも終わり方そのものを問題にしているわけでもありません。その点では本著と性格が異なりますが、着眼点としては同一の先行書として、リスペクトとともに、紹介しておきます。

本書は、作品ごとに完結していますから、一応の分類・配列はあるものの、どこから読んでもらっても、一向にかまいません。まずは、読んだことのある一作分に、目を通してみてはどうでしょうか。それが当たりであれ外れであれ、ではもう一作分、違うのも……、となることを願っています。

目次

166

少し不機嫌に
なって来たのだ。

尾崎一雄「虫のいろいろ」

216

女の子供も犬も
身うごき一つしないで
その遊びをつづけた。

大江健三郎「不意の唖」

158

毎晩必死と
どじょう汁をせがみに来る。

岡本かの子「家霊」

146

私と雪枝さんとの、
とり返しのつかぬ
婚約のことを考えながら。

江戸川乱歩「日記帳」

170

死へ向って積み出されて行く
という事実を蔽（おお）うに足りない、
と私は感じた。

大岡昇平「出征」

052

番人はまた、
独りぼっちになった。

小川洋子「愛されすぎた白鳥」

188

ただ儚々(ぼうぼう)とした
空間ばかりが、
広がっているのである。

川上弘美「センセイの鞄」

208

降りるのがこんなにつらくなかったら、
もっと頻繁に二階に上がってくることが
できたろうにと思いながら。

沢木耕太郎「音符」

162

あとに花びらと、
冷めたい虚空がはりつめて
いるばかりでした。

坂口安吾「桜の森の満開の下」

062

そして私は活動写真の看板画が
奇体な趣きで街を彩っている
京極を下って行った。

梶井基次郎「檸檬」

070

「秋山」
ではなかった。

国木田独歩「忘れえぬ人々」

078

今年は柿の豊年で
山の秋が美しい。

川端康成「有難う」

086

諸君のうちに一人でも
私と同じ人種がいたら、その人だけは
きっと信じてくれるであろう。

谷崎潤一郎「私」

154

非常警笛が
空気を劈（つんざ）いて
けたたましく鳴った。

田山花袋「少女病」

048

「……きっとあたしのもと来た少女の道へ
戻る案内人になってくれるに
違いないのだ。」と思いながら……。

寺山修司「線の少女」

204

まるで雨が
ゑむみたいだと思いながら、
孝雄は眺めた。

新海誠「小説 言の葉の庭」

016

勇者は、
ひどく赤面した。

太宰治「走れメロス」

074

それ故（ゆえ）作者は
前のところで
擱筆（かくひつ）する事にした。

志賀直哉「小僧の神様」

212

南区に足を踏み入れる
こともほとんど
なくなっていた。

多和田葉子「犬聟（むこ）入り」

040

また、元の叢（くさむら）に躍り入って、
再びその姿を見なかった。

中島敦「山月記」

112

「たとえば死体の始末だって、
手伝えると思うわ。
まず、この匂いを何とかするところから」

乃南アサ「向日葵」

132

すると暗闇の中で晃彦は小さく
笑い、「君の方だ」と、
少しおどけた声を送ってきた。

東野圭吾「宿命」

128

戸部が優介の
肩を叩いた。

平野肇「谷空木」

058

「百年はもう
来ていたんだな。」と
この時初めて気がついた。

夏目漱石「夢十夜　第一夜」

032

彼は、細君の
大きな腹の中に
七人目の子供を見た。

葉山嘉樹「セメント樽の中の手紙」

124

ひとがたずねて来たのは、
野江さん、
あなたがはじめてですよ

藤沢周平「山桜」

024

私の幻燈(げんとう)はこれで
おしまいであります。

宮沢賢治「やまなし」

082

やはり生きてみることだ、
と強く思いながら、
光の縞目を眺め続けた。

北条民雄「いのちの初夜」

094

彼女は力を得て、刃先を強く
咽喉(のど)の奥へ刺し通した。

三島由紀夫「憂国」

066

遂にこう決心して、
そして
一と先ず二階へ戻った。

二葉亭四迷「浮雲」

178

その能力を持つ者には
不要な器官、
眼のない顔を二人にむけて。

星新一「闇の眼」

184

友よ、中国はあまりにも遠い。

村上春樹「中国行きのスロウ・ボート」

200

初老の女の手の中でセロファンが半分の大きさになろうとしている。

村上龍「空港にて」

036

僕は我に返って一生懸命手をたたいている自分に気がついた。

安岡章太郎「サーカスの馬」

100

写真機のシャッターがおりるように、庭が急に闇になった。

向田邦子「かわうそ」

028

されど我脳裡(のうり)に一点の彼を憎むこゝろ今日までも残れりけり。

森鷗外「舞姫」

104

勇者たちは、今さらひどく赤面した。

森見登美彦「走れメロス」

220

ひとりで、大ぜいで、二人きりで、
私の生きるすべての場所で、
きっとたくさんもつだろう。

吉本ばなな「キッチン」

120

すでに蒼茫（そうぼう）と黄昏（たそがれ）の色が
濃くなって、庭の老松には
しきりに風がわたっていた。

山本周五郎「墨丸」

196

夏耳漱子の受難は
続く。

山田詠美「珠玉の短編」

150

そんなことを私に聞いたって
私の知っていよう
はずがないのだから。

横光利一「機械」

044

もはや逃げ場所はないのだという
意識が、彼の足どりを
ひどく確実なものにしていた。

山川方夫「夏の葬列」

174

そして新たに付け加わってまだ
はっきり形の分らぬもの、そういう
ものがあるのを、少年は感じていた。

吉行淳之介「童謡」

1

教科書に載っているあの作品

太宰治「走れメロス」
芥川龍之介「羅生門」
宮沢賢治「やまなし」
森鷗外「舞姫」
葉山嘉樹「セメント樽の中の手紙」
安岡章太郎「サーカスの馬」
中島敦「山月記」
山川方夫「夏の葬列」
寺山修司「線の少女」
小川洋子「愛されすぎた白鳥」

勇者は、ひどく赤面した。

「走れメロス」

太宰治

メロスは激怒した。

なぜ激怒したのに、赤面するのか？

「走れメロス」と言えば、中学国語教科書の定番ですね。物語も登場人物もいたって単純ですから、内容を覚えている人も多いことでしょう。しかも、その主題は、友情を大切にしなさいとか、嘘を吐いてはいけないとかいう道徳的な教訓であるとみなされていますから、中学生向けの教材としては、うってつけかもしれません。

早速、作品の最初と最後の一文を読み比べてみましょう。

短く単純な一文の構成という点で、よく似ています。最初の「メロス」という個人名が、最後では「勇者」という称賛の言葉に言い換えられ、「激怒した」という外向きの感情の爆発で始まったのが、「ひどく赤面した」という、内向きの羞恥心で終わっている点で、きれいに対照的です。

しかし、あらためて読み直してみると、物語の展開上、この冒頭部分は不自然です。普通なら、まずメロスという登場人物の紹介から始まり、そのうえで、ある出来事に対して「激怒する」という事態を描くことになるはずです。それがいきなり「メロスは激怒した。」とあり、その後に、段落も変えずに「メロスは、村の牧人である。」のように紹介されるのです。

もちろん、太宰がそのつながりの不自然さを感じなかったはずがありません。それでもなお、当たり前な人物紹介よりも、キャッチーな、この作品の肝ともいえる感情の爆発で始めるほうを選んだのでした。

最後の一文では、勇者であるメロスが、なぜ「ひどく赤面した」のでしょうか。
この作品が道徳を教えるものならば、メロスが友人との約束を果たし、王様を改心させ、町の人々が「万歳」という歓声を上げたところで終わるほうが、よほど収まりが良いでしょう。事実、かつての教科書では、そのように終わらせたものもあったようです。

最後の意図

ところが、太宰はその後に、一人の少女が緋(ひ)のマントをメロスに捧げるというエピソードを付け加えます。まごつくメロスに、命拾いをした友人が次のように説明してあげます。

「メロス、君は、真っ裸じゃないか。早くそのマントを着るがいい。このかわいい娘さんは、メロスの裸体を皆に見られるのが、たまらなく悔しいのだ。」

この直後に最後の一文が来るのです。つまり、メロスが「ひどく赤面した」理由は、この友人の説明にありました。しかしそれは、自分が「真っ裸」であるのに気付いたことでも、「皆に見られる」ことでもありません。そういう状態のメロスのことを「たまらなく悔しい」と思う(それは友人の解釈なのですが)一人の少女の、自分に対する気持ちを知ったからに他なりません。ウブな男なら、女性から好意を寄せられたことを知るだけで、気恥ずかしくなるものでしょう。メロスは、まさにそういう奴(やつ)でした。
このような末尾からは、その後、二人は結ばれて、メデタシメデタシになるという結末を予想することもできそうです。ハラハラドキドキ続きの展開でしたから、最後はホノボノとした雰囲気にして締めくくるというのは、小説の技法の一つとしてあります。「勇者」なのに「ひどく赤面」するというギャップも、それと結び付くユーモアと言えるかもしれません。

しかし、この作品全体から考えると、別のことが見えてきます。それは、その少女によって、メロスは初めて他者の気持ちを知ったということです。

それ以前のメロスは、どこまでも自己中心的でした。たとえ正義に命を賭けたとはいえ、その正義はメロスの中の正義でしかありません。冒頭の「メロスは激怒した」というのも、あくまでもメロスの個人的な感情であり、その感情に任せて、いきなり一人で王様を殺しに行くのも、身勝手で無謀な行動でしかありません。そして極めつけは、独断で友人を身代わりにしてしまうところです。妹の結婚式のためとはいえ、自分の都合しか考えていないことが、よく分かります。

タイトルになった「走れメロス」という叱咤（しった）激励の言葉も、他人ではなく、メロス自身による、メロスのためのものでしかなかったのです。

そうなのです。人の心を信じることができないという王様と、そういう王様を成敗しようとするメロスは、一見、悪と善の対極のように見えますが、他者の心を思い知ろうとしない、じつは自己中心的という根っこのところでは、まったく同じだったのです。

そこからは、何かを正義といちずに信じ込むことの怖さが垣間見えてこないでしょうか。「走れメロス」が発表されたのは、一九四〇年の五月。時まさに、第二次世界大戦に突入した頃でした。

下人の行方（ゆくえ）は、誰も知らない。

「羅生門」

芥川龍之介

ある日の暮方の事である。一人の下人が、羅生門の下で雨やみを待っていた。

この先、どこへ行ってしまうのか？

「羅生門」という短編小説は、芥川龍之介のデビュー作です。高校の国語教科書に載っているという点で、芥川作品の中では、もっとも知られていると言えるでしょう。

そして、最後の一文も、それとしては、おそらく日本の近代小説において、とりわけ有名かもしれません。普段の会話でも、「下人」を誰かに置き換えれば、いろいろな場面で使えそうです。

じつは、この最後の一文は改稿されたものでした。

最初に発表された雑誌『帝国文学』では、「下人は、既に、雨を冒して、京都の町へ強盗を働きに急ぎつつあった。」となっていました。これは、下人がその後、悪の生き方を選んだことを明確に示す終わり方です。改稿後の「下人の行方は、誰も知らない。」では、下人のその後については読者の想像に任されています。このほうが、作品としての含みや余韻があると見ることもできるでしょう。

ただ、「誰も知らない」という表現は、最後の最後になって、どこか下人を突き放してしまった感じがしませんか。その点が、最初の時の表現とは本質的に異なる点です。

高校の授業では、この作品は、「生きるための悪という人間のエゴイズム」を描いたものとして取り扱われています。自分が生きのびるためには、悪いこともせざるをえないということです。最初に発表された最後の一文ならば、それはそれでまさに一貫した内容となります。あるいは、芥川の当初の意図もそうだったのかもしれません。それがなぜ、「下人の行方は、誰も知らない。」のように、ぼやかした表現に変えられてしまったのでしょうか。

芥川はたぶん、教科書で問題にするような「生きるための悪という人間のエゴイズム」そのものを描こうとしたのではなく、それを相対化、つまり一概に悪いとは決めつけられない形にしようとしたのではないかと考えます。

相対化の意味

この相対化には、二つの意味があります。

そもそも下人が盗みを働いたのは、たまたま出会った老婆がきっかけでした。この「たまたま」というのが、一つめの相対化です。たまたま老婆に出会わなければ、犯罪に手を染めることがなかったかもしれませんし、今後も、誰かとのたまたまの出会いによっては、まっとうな生き方に戻ることもあるかもしれないのです。どちらに転ぶかは、当人のエゴイズム云々よりも、運次第です。

もう一つの相対化は、先に述べた「下人を突き放してしまった感じ」です。この作品は、あたかも下人に感情移入したかのような語り口で展開しています。それは、事の善悪という一般的な価値観を越えた、アンチ・ヒーロー的な存在として、下人の行動を是認するようにさえも読み取れます。それが最後の一文によって、急に関心を失ったようになってしまいます。まるで、下人がこれからどうなろうと関係ない、とでも言うように。関係がなければ、良いも悪いもなくなってしまいます。「誰も知らない」の「誰も」とは、他の誰でもなく、語り手自身のことでした。

このような問題含みの最後の一文に比べると、作品冒頭の一段落を構成する二文「ある日の暮方の事である。一人の下人が、羅生門の下で雨やみを待っていた。」は、一見、客観的な情景描写のように見えます。しかし、ここにもすでに、語り手の思いが入り込んでいます。

たとえば、その人が「下人」であること、そして「雨やみを待っていた」ことは、単なる第三者からは推測としてしかありえません。この表現が描写たりえるのは、語り手がすでにそれらを知っていることを前提にしているからです。

ところが、これに続く第二段落では、「広い門の下には、この男のほかに誰もいない。」とあり、「下人」が「男」に言い換えられています。最初に、「一人の男」と出てきて、「この男は下人であった」という順番ならば、情報の提示のしかたとしては、理解しやすいはずですが、語り手は、あえてその順番に逆らって、最初に「下人」という言葉を用いることを選んだのです。

それは、この作品を、あくまでも、「下人」を中心とした物語として、その場に留まっているというところから始まり、その場から立ち去るところで終わる、というように、あらかじめ仕組んだということです。

つまり、修正後の「下人の行方は、誰も知らない。」という最後の一文は、あくまでも「その場」限りでの出来事であり、それ以前およびそれ以後の下人についてはいっさい関知しないということを、端的に示す表現であると言えるでしょう。

私の幻燈はこれでおしまいであります。

「やまなし」

宮沢賢治

小さな谷川の底を写した二枚の青い幻燈です。

なぜ幻燈と断るのか？

「やまなし」という作品は、小学校の国語教科書に載っていますが、教師にとっては、「やまなし」の授業ができて一人前、と言われるほど、扱いが難しい教材のようです。

その理由は、じつに簡単で、何が言いたいのか分からないからです。

この作品は、「五月」と「十二月」というタイトルの付いた二部の構成になっています。どちらにも、おもに登場するのはカニの親子で、彼らが水底から見た出来事が描かれています。しかし、ただ描かれているだけなので、そこに隠されているかもしれない意図を読み取るのに、研究者も教師も四苦八苦してきたというわけです。

不思議なのは、最初と最後の一文について、ほとんど問題にされてこなかったという点です。この最初と最後の一文は、「五月」と「十二月」という題の二つの話そのものとは関係なく、外側に位置しています。つまり、この作品の内容全体の枠組みを示しているということです。

最初の一文は、これから始まる話が「小さな谷川」を舞台にしていること、そしてそれが二種類あることを示しています。最後の「私の幻燈はこれでおしまいであります。」という一文は、その映写とともに話が終わったことを示しています。最初とは異なり、わざわざ「私の」という修飾句が付してあるのは、幻燈にまつわる話が自らの創作であることを意味していると考えられます。

「やまなし」は、生前の賢治が発表した二作めで、第一作の「雪渡り」にも、「狐の幻燈会」というのが出てきました。それには、幻燈の詳しい説明があります。ちなみに、幻燈とは、拡大映写用のスライドにした写真（あるいは画像）のことです。

「雪渡り」の幻燈は三部作で、第一が「お酒をのむべからず」、第二が「わなに注意せよ」、第三が「火を軽蔑すべからず」で、どれも狐のための教訓です。それを記した字幕がまず出てから、写真や絵が映し出されます。

「やまなし」という作品には、そのような設定上の説明がいっさいありません。もし、最初と最後の一文がなければ、幻燈にまつわる話ということさえ分からないことになります。この作品が、第一話「五月」冒頭の「二疋の蟹の子供らが青じろい水の底で話していました。」で始まり、第二話「十二月」の末尾「波はいよいよ青じろい焔をゆらゆらとあげました、それは又金剛石の粉をはいているようでした。」で終わったとしても、違和を感じないでしょう。

賢治童話には、動物を主人公にした作品が多くありますが、「やまなし」のような枠組み、つまり物語の設定を示すものは、他にありません。「雪渡り」でも、ごく当たり前のように、人間の子供とともに、いきなり狐の子供が登場します。その意味で、「やまなし」という作品は特別なのです。

冒頭と末尾の存在意義

では、なぜわざわざこのような最初と最後の一文を加えたのでしょうか。

それは、この作品、この二つの話が、静止画像の幻燈から紡ぎ出された物語であるということを示すためです。その意図はおそらく、その二つの話から、元になった二枚の画像がどういうものであったかを、読み手に想像させることにあったのではないでしょうか。子供たちなら、喜んで思い思いの絵を描くことでしょう。この作品はたぶん、それだけで十分なのです。

「やまなし」という作品タイトルも、なぜそのように付けられたのかが問題にされてきました。「やまなし」が「山梨」という果実のことならば、第一話にはまったく出てきませんし、第二話には出てきますが、それが中心でもないからです。じつは、ここにも賢治の企みがありました。

「やまなし」とは、話としてのヤマがないということです。二つの話にはそれなりの出来事はありますが、特別のクライマックス、つまりヤマがあるわけではありません。ついでに言えば、オチもありません。第一話では、日の光やカワセミが、第二話では、山梨の実が、水の中に「落ち」てきますが、それらが話のオチと結びつくわけでもありません。

何かくだらない洒落のように思われるかもしれませんが、結構本気で言っています。内容から言えば、「カニ」という語を使ったタイトルにしても、ちっともおかしくなかったでしょう。第二話の後半で、山梨が落ちてくるのも、唐突と言えば唐突ですし、やがて酒になるのを喜んでいるのは、カニのお父さんだけで、童話にはそぐわないような気がしませんか。

「やまなし」という作品が、小学校の教材として、人間や人生に関する何らかの教訓を読み取らせるものになっていることを知ったら、遊び心を生かそうとした賢治は、かぷかぷ、どころか、げらげら笑ってしまうのではないでしょうか。

最後

嗚呼（ああ）、相沢謙吉が如き良友は世にまた得がたかるべし。

されど我脳裡に一点の彼を憎むこゝろ今日までも残れりけり。

「舞姫」

森鷗外

石炭をば早や積み果てつ。

いったいどういう物語なのか？

森鷗外の「舞姫」は、高校国語教科書の定番的な作品です。ただ、近年は、その文章が見事に文語体ですから、もはや古文扱いされるようになってきました。

「舞姫」を読んだことがある人ならば、その最初と最後の部分は覚えているのではないでしょうか。最初の一文はその簡潔さで、最後の二文は対句的な構成で、記憶に残りやすいと言えます。

話は、留学先のドイツからの帰国途中の船内での太田豊太郎の回想として展開します。留学中に、エリスという「舞姫」と出会い恋仲となりますが、結局は自らの出世のために、彼女を捨てて帰国するというものです。しかも、エリスは妊娠し、豊太郎の帰国を知り発狂したにもかかわらず。

まあ、ヒドイ話で、これが実際の出来事ならば、現代では大炎上してしまうはずですよね。末尾に出てくる相沢謙吉という友人は、その帰国の手助けをしたのでした。

最後の二文は、その友人に感謝しつつも、「彼を憎むこゝろ」のあることを告白しています。感謝はもちろん、豊太郎を失職の窮地から救い、無事に帰国できるように計らってくれたことに対してです。にもかかわらず、憎んでしまうのは、エリスを捨てるように促したからです。

発表当時も批判されたのは、豊太郎のこの優柔不断な態度です。しかも、すべての結果を自己責任として受け入れるのではなく、友人のせいにしています。「ありがた迷惑」という言葉がありますが、豊太郎にしてみれば、自分勝手ながらも、相沢に対する気持ちは、まさにそれだったのではないでしょうか。

もっとも、明治という時代状況からすれば、国家的な使命を帯びての留学ですから、個人的な、とくに男女関係に関わる事情など、一般には取るに足りないこととみなされていたと思われます。鷗外は、そういう時代状況だからこそ、あえて一人の人間としての煩悶を描いた、とも考えられます。

冒頭と末尾の関係

それにしても、やはりこういう終わり方は気になります。

この作品は、豊太郎とエリスの関係を中心に展開しているのに、最後の最後、エリスへの尽きせぬ思いで終わるならともかく、相沢に対する気持ちで締めくくられているのです。これでは、エリスとの恋愛物語ではなく、相沢との友情物語だったことにならないでしょうか。とすれば、エリスとの出来事は、そのためのエピソードにすぎなくなってしまいます。

じつは、「舞姫」からちょうど二十年後、鷗外は「普請中」という短編小説を発表しています。豊太郎とエリスに相当する男女が日本で再会する場面を描いたものです。この中で、渡辺という男は、来日した女の求めに応じて会いはしたものの、一貫して冷たい態度をとるのです。まるで昔の出来事がなかったかのように。

あえて鷗外が後にこういう作品を書いたのは、「舞姫」の言い訳をするためだったようにも思われます。若気の至りで舞姫のエリスに踊らされただけであると。そして、別れざるをえなくなったことに、一時的に落ち込むことはあったとしても、それは青春期の苦い思い出、個人的な感傷の一つにすぎず、それよりもはるかに大事なのは「普請中」の日本という国だということを示そうとしたのかもしれません。

「舞姫」の時点で、鷗外にそのような意図があったかどうかは、分かりません。ただ、この作品の終わり方には、否応なくそのようなことが想起させられてしまいます。

いっぽう、作品冒頭の「石炭をば早や積み果てつ。」という一文は、謎と言えば謎です。簡潔は簡潔なのですが、誰が、どこに、などという情報が欠けていますから、これだけでは何の情景なのか、見当が付きません。また、誰の、どこからの視点なのか、なぜ「石炭」を取り立てるのかも分かりません。推測されるのは、何らかの乗り物で、出発の準備が整ったということくらいです。

ただ、冒頭の一段落で、これに続くのが「中等室の卓のほとりはいと静にて、熾熱燈（しねつとう）の光の晴れがましきも徒（いたづら）なり。今宵は夜毎にこゝに集ひ来る骨牌（カルタ）仲間も「ホテル」に宿りて、舟に残れるは余一人のみなれば。」であり、ここからは、現在時の「余」の状態に関わる説明であることが判明します。それから、「余」の回想に入ります。船の出航は、船上での時間が、帰国するまでの、最後の回想時間となることを示唆しています。おそらく日本に戻ってしまえば、もはや回想する暇もなくなってしまうでしょうから。

つまり、段落単位で見れば、この作品は現在時に始まり、現在時に終わるという構成になっていて、そのつかのまの過去時の回想・感傷であることが示されているのです。

最後

彼は、細君の大きな腹の中に七人目の子供を見た。

「セメント樽の中の手紙」

葉山嘉樹

松戸与三はセメントあけをやっていた。

返事は書いたのか？

葉山嘉樹はプロレタリア作家で、この作品は、彼の代表的な短編小説です。「プロレタリア」とは、資本家に搾取される労働者階級のことで、その立場に立って書かれたものをプロレタリア文学と呼んでいます。しかし、日本では、戦前に国家から弾圧され、文学運動としては消滅してしまいました。もちろん、この「セメント樽の中の手紙」もそれ以前の、大正末年に発表されたものです。

最初の一文にある「セメントあけ」とは、工事現場で、樽からセメントの粉を取り出してコンクリートミキサーに入れる作業のことを示していますが、同時に、主人公の松戸与三が、その作業を職とする肉体労働者であることも表わしています。

ある日、松戸は作業中に、セメント樽の中に入っていた小さな木箱を見つけます。その木箱には、恋人を失った女性からの手紙が入っていました。女性はセメント袋を縫う女工、恋人もセメントを作る労働者でした。彼は誤ってクラッシャーという機械に飲み込まれ、全身が粉砕されてしまったのでした。女性の手紙は、彼の入り混じったセメントが何に使われるのかを教えてほしいというものだったのです。

これだけでも十分に衝撃的な内容です。プロレタリア文学としては、そういう悲惨な労働者の状況を世に訴えるという政治的な目的・主題があったと言えるかもしれませんが、それ以前、あるいはそれ以上に、訴えてくるものがあります。

この作品は、高校の国語教科書（三省堂『明解国語総合』）にも載せられていて、その「学びの道しるべ」には、「はたして松戸与三は、このあと女工に返事を書いただろうか、話し合おう。」とあります。たしかに、この作品の結末には、その点も含め、松戸が手紙の内容をどのように思ったのかについては、何一つ書かれていません。

女性の手紙には、「あなたが労働者だったら、私をかわいそうだと思って、お返事ください。」とありました。また、「私は私の恋人が、劇場の廊下になったり、大きな邸宅の塀になったりするのを見るに忍びません。」ともありました。松戸がその時に関わっていたのは発電所の建設でしたから、そのことを書いて送ってあげたら、女性にとってはいくぶんかでも慰めになることぐらいは、松戸にも想像できたでしょう。その意味で、返事を書いたかどうかにあえて触れない末尾について、教科書が問うのは、もっともなことです。

末尾の答え

松戸は手紙を読み終わったあと、茶碗酒を一気にあおった勢いで、「へべれけに酔っぱらいてえなあ。そうして何もかもぶち壊してみてえなあ。」と怒鳴ってしまい、妻にたしなめられます。そのすぐ後に、最後の一文「彼は、細君の大きな腹の中に七人目の子供を見た。」が来るのです。

「貧乏人の子沢山」ということわざがあります。貧乏だから子沢山になるのか、子沢山だから貧乏なのか、鶏と卵のどっちが先かという問題になりそうですが、松戸家の現状は、まさに貧乏で子沢山なのでした。しかも、さらにその度合いが増すことを示す、この一文が作品最後に据えられたのは、なぜでしょうか。

それは、厳しい生活の現状を受け入れざるをえないという、一種の諦めを示そうとしたからと考えられます。ただし、急いで付け加えれば、その諦めは単なる無力ゆえではなく、家族を捨てて自分ひとりが勝手なマネをするわけにはいかないという、責任感でもあり、同時に、その責任を果たしていることの、それなりの幸せ感でもあります。このような捉え方は、プロレタリア文学としての見方からは外れてしまうかもしれません。しかし、この作品が文学的な普遍性を持ちうるとしたら、まさにそういう庶民の生活実感を表現しえているところにあるのではないかと思います。

さてそれで、松戸は返事を書いたでしょうか。

おそらくは、書かなかったでしょうね。それは、松戸が不人情あるいは怠惰だからというわけではなさそうです。そもそも女性の手紙は、誰が読むかさえ定かではない、まったく宛てのない手紙でした。ただ、彼女は、まともに弔われることのなかった恋人の死の事実を、ともかく書き残しておきたかったのです。

誰もが生きるだけで精一杯なのであり、自らが直面する現実に立ち向かうしかありません。それは、松戸も手紙の女性も同じです。かりに返事を出すことによって、交流が始まったとしても、それでどうこうなるわけでもないのです。彼はそのことがよく分かっていたのでしょう。そこに、よもや無産階級の連帯などというスローガンが意図されていたとは、とても思えません。

「サーカスの馬」

安岡章太郎

最初

僕の行っていた中学校は九段の靖国神社の隣にある。

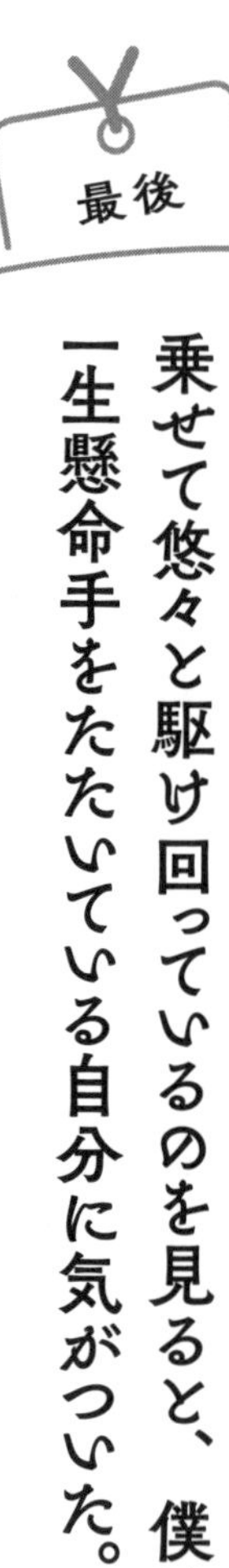

息をつめて見守っていた馬が、今火の輪くぐりをやり終わって、やぐらのように組み上げた三人の少女を背中に乗せて悠々と駆け回っているのを見ると、僕は我に返って一生懸命手をたたいている自分に気がついた。

そんなに捨てたものではない？

安岡章太郎の「サーカスの馬」（原題は「サアカスの馬」）の初出は、一般文芸誌『新潮』（昭和三十年十月号）ですが、主人公の「僕」が中学生だからか、中学国語の教材としてよく採られています。教材化するにあたっては、作品から生徒に何を読み取らせるかが、必ず問題になります。学校図書の『中学校国語2』では、第二単元の「言葉」の中に収められ、「学びの窓」というところに、「ちょっとしたことがきっかけで、自分もそんなに捨てたものではないと思った経験はないか、振り返って書いてみよう。」とあります。これを読んで、二重の意味で、驚かされました。

第一に、中学二年生に向けて「自分もそんなに捨てたものではないと思った経験はないか」と問い掛けている点です。まだ思春期の子に対して、「そんなに捨てたものではない」という、陳腐で世間ずれした言い回しは適切でしょうか。第二に、そういう振り返りが、主人公の「僕」に見られるかという点です。つまり、この作品から、それを読み取らせることが適切かということです。「サーカスの馬」と出会うことによって「僕」の気持ちに変化があったこと自体は認められますが、だからといって「僕」が「そんなに捨てたものではない」という思いに至る場面はどこにも見出せません。

安岡はこの作品について、フィクションは入っていないと言っているようですから、自身のエピソードを取り上げたのでしょう。しかし、中学生が作文したわけではありません。その時点から二十年後に書かれたものです。当然、記憶にバイアス（偏り）がかかっているはずです。そのバイアスこそが、読み取るべきことと思われます。

作品冒頭の第二段落は、中学生の「僕は全くとりえのない生徒であった」という一文から始まります。それ以降も、そのダメさ加減を繰り返し語り、担任をはじめとする周りの批判的な反応に対して、「(まあいいや、どうだって。)」とつぶやくばかりでした。

そんな「僕」が、たまたまサーカス団の、いかにも貧相な馬を見かけます。そして、その様子から、自分と同じように、「なまけて何もできない」くせに、「(まあいいや、どうだって。)」と、つぶやいているような気がしたのでした。そこで、「僕」は、初めて共感できる相手を見出したのです。「僕」は周りから浮いていて、友達がいる様子はまったくありません。

時間のバイアス

最初の一文「僕の行っていた中学校は九段の靖国神社の隣にある。」は、事実としての舞台設定を示すとともに、神社のお祭りの際に立つサーカス小屋の馬との出会いの場であることも示しています。そのテントの裏側に休む馬を見かけることができたのも、最後に描かれた、馬の見事な曲芸を目の当たりにできたのも、場所柄ゆえでした。

「僕」は、「馬はこのサーカス一座の花形だった」ことに「しばらくあっけにとられていた。けれども、思い違いがはっきりしてくるにつれて僕の気持ちは明るくなった。」のでした。ここでの「僕の気持ちは明るくなった」という変化はなぜ生じたのでしょうか。

そもそも「僕」の「思い違い」は、見た目から、その馬が無能な、死に損ないと思ったことにありました。ところが、じつはそうではなく、それどころか「花形」だったのですから、驚くのも当然です。その「思い違い」の結果がより悪いほうではなく、より良いほうだったことが、「僕」の気持ちを明るくさせたということになるでしょう。

しかし、それはあくまでも馬に関することであって、「僕」のことではありません。それでも気持ちが明るくなれたのは、一方的ながら、共感できる相手だったからです。「僕」の心に変化があったとすれば、それまでは自分についてはもとより、周りに対しても関心を持つことがなかったというところにあります。人間ではなく、馬だったからこそ自然に生じた変化だったかもしれません。

最後の「僕は我に返って一生懸命手をたたいている自分に気がついた。」という一文からは、我を忘れて見入る自分に気付く、もう一人の「僕」がいます。そして、普段の自分には似つかわしくなく興奮する、その時の自分を、（まあいいや、どうだって。）と容認していると見ることができます。それは、その時点においてではない、二十年という時間が生じさせたバイアスによるものです。

このことをきっかけに、「僕」が「そんなに捨てたものではない」と思って、態度を改めるようになったかと言えば、それはありえないでしょう。冷静に考えれば、むしろ馬と自分との違いを思い知らされることになったからです。その馬に対する関心も、それ以降は失ったと思われます。ふたたびその馬を見る機会はあったとしても、一回きりの出来事だったからこそ、「僕」の印象に強く残ったのでした。

「山月記」

中島敦

隴西(ろうさい)の李徴(りちょう)は博学才穎(さいえい)、天宝の末年、若くして名を虎榜(こぼう)に連ね、ついで江南尉に補せられたが、性、狷介(けんかい)、自ら恃(たの)むところ頗(すこぶ)る厚く、賤吏(せんり)に甘んずるを潔(いさぎよ)しとしなかった。

一行が丘の上についた時、彼等は、言われた通りに振返って、先程の林間の草地を眺めた。忽(たちま)ち、一匹の虎が草の茂みから道の上に躍(おど)り出たのを彼等は見た。**虎は、すでに白く光を失った月を仰いで、二声三声咆哮(ほうこう)したかと思うと、また、元の叢(くさむら)に躍り入って、再びその姿を見なかった。**

虎になったのは幸か不幸か？

中島敦の「山月記」。これも高校の教科書に長年にわたって載っているという意味で、有名な短編小説です。中国の「人虎伝」という説話を元にして書かれたこともあってか、漢文訓読調の、難しい漢字・漢語だらけの、もはや現代人にはすんなり読めない文章でしょう。物語そのものは割と単純とはいえ、表現を理解するのは容易なことではありません。

最初と最後を読んだだけでも、この作品が、李徴という人が虎に変身してしまった話だろうということは、想像できます。その理由も、冒頭にある「性、狷介、自ら恃むところ頗る厚く」あたりから、見当が付きそうです。「性、狷介」とは、頑固で他と妥協しない性格、「自ら恃むところ頗る厚く」とは、自分に絶対的な自信があること。要するに、人嫌いの自信家ということです。李徴自身も「我が臆病な自尊心と、尊大な羞恥心」と語っています。

「臆病」と「自尊心」、「尊大」と「羞恥心」という言葉の組み合わせは、一見矛盾しています。「臆病」ならば「自尊心」は持ちようがありませんし、「尊大」ならば「羞恥心」など感じるはずがないからです。しかし、そのような「自尊心」と「羞恥心」だったからこそ、李徴は人間として生き続けることができなくなったのでした。

教科書では、李徴が虎になった理由を考えさせようとしていますが、じつはその理由も、李徴が続けて、次のようにはっきりと示しています。

人間は誰でも猛獣使であり、その猛獣に当るのが、各人の性情だという。己の場合、この尊大な羞恥心が猛獣だった。虎だったのだ。これが己を損い、妻子を苦しめ、友人を傷つけ、果ては、己の外形をかくの如く、内心にふさわしいものに変えて了(しま)ったのだ。

つまり、自分の「性情」の比喩だったはずの「虎」が、「外形」としての現実の「虎」になったということです。

もちろん、人間が虎に変身することはありえません。物語だからこそ成り立つと言えますが、童話とは違い、魔法をかけられてとか、元が虎なのに人間の姿をしていたとかというのとは、訳が違います。虎にならざるをえなかったという内的な必然性だけが、この変身を、この物語を支えているのです。その必然性が認められなければ、単にちょっと怖い夢物語でしかありません。

人間としての生き方

この作品は、行方不明になっていた李徴と、たまたま彼に出会った旧友の袁傪(えんさん)とのやりとりを中心に展開します。そして、李徴が姿を隠したまま、これまでの経緯を自嘲的にあるいは悲劇的に人間の言葉で一方的に語り、最後の別れを告げたうえで、末尾の部分となります。

この部分が示していることは、次の三点です。

第一に、袁傪らに、自身が完全に虎の姿になっているのを見せることによって、李徴がもはや人間の姿に戻ることはないということ。第二に、「すでに白く光を失った月を仰いで、二声三声咆哮」

するのを聞かせたのは、李徴が即興で作った詩の「此夕渓山対明月　不成長嘯但成嘷」という句を虎としてまさに実現してみせたということ。第三に、「再びその姿を見なかった」のは、その時だけ、あるいは彼らの前でだけではなく、その後もずっと、誰に対してもであるということ、です。

これらからは、姿は虎とはいえ、李徴がその時点ではまだ人間の心を持っていたことがうかがえます。おそらく、それ以降は心身ともに虎になってしまうのでしょう。

さて、これは、李徴にとって、幸せ、それとも不幸せなことでしょうか。

人間の心を持つということは、悩み苦しむということです。虎にも動物なりの生きる大変さはあるでしょうが、いかに生きるべきかを考えて、思い悩むということはありえません。李徴もまた人間であるかぎりは、その宿命から逃れることはできません。

かりに彼が望んでいたように、詩人として成功したとしても、です。成功すればしたでの悩み苦しみは終生つきまとうことでしょう。ならば、いっそのこと虎になってしまったほうが、その性情ゆえに、必要以上に人間としての悩み苦しみを抱えこみがちだった李徴にとっては、それらから解放されるという意味で、幸せだった、とは思えませんか。

ところで。「人を食った話」という言い方があります。相手を馬鹿にした話のことです。李徴虎は、「人喰虎」と恐れられていたのでした。それは文字どおり、道行く人間を襲っていたからですが、この作品も案外、それだったのでは、という気もします。人間らしさについてとやかく言われがちだけれど、それにあまりこだわると人間ではなくなっちゃうよ、みたいな……。

思いながら、彼はアーケードの下の道を歩いていた。

もはや逃げ場所はないのだという意識が、彼の足どりをひどく確実なものにしていた。

「夏の葬列」

山川方夫

海岸の小さな町の駅に下りて、彼は、しばらくはものめずらしげにあたりを眺めていた。駅前の風景はすっかり変っていた。アーケードのついた明るいマーケットふうの通りができ、その道路も、固く鋪装(ほそう)されてしまっている。

何を読み取るべきか？

山川方夫という作家は、中学の国語教科書に採用された「夏の葬列」という作品によって、今も記憶されていると言えるでしょう。しかし、この作品がショートショートとして書かれたものであることや、山川がそのジャンルで活躍したことは、ほとんど知られていないのではないでしょうか。

掲載された『中学国語』（教育出版）で、「夏の葬列」は、はじめは「表現の魅力」という単元に位置付けられていました。その後「平和への願い」、さらには「人間としての生き方」「人間として生きる」という単元に移されました。単元は教材指導の目標を示すものですから、この作品は、目標の中心が表現から内容に変化したということになります。

もちろん、文学作品の読み方の自由は保証されるべきですが、教科書でのこのような位置付け方の変化には、疑問を感じなくもありません。しかも、インターネットには、教科書の「トラウマレベルの国語物語5選」というまとめサイトがあり、芥川の「羅生門」や漱石の「こゝろ」などとともに、「夏の葬列」も選ばれていて、教材として問題視されてもいるのです。

「夏の葬列」が収録された文庫本には、他に「待っている女」「お守り」など、いかにもショートショートらしい作品もあります。その系列で「夏の葬列」を読んでみれば、教科書での扱いとは随分と趣の異なる作品となりそうです。もっと言えば、教科書は指導用としてかなり偏向した読み方を強いているのではないかと思われます。

「海岸の小さな町の駅に下りて、彼は、しばらくはものめずらしげにあたりを眺めていた。駅前の風景はすっかり変っていた。」という冒頭部分は、主人公の「彼」が、かつて暮らしていた「海岸の小さな町」を久しぶりに訪ね、その変貌ぶりに驚いていることを示しています。そして、「もはや逃げ場所はないのだという意識が、彼の足どりをひどく確実なものにしていた。」という最後の一文からは、その町が「彼」にとって「逃げ場所」ではなくなるような出来事が起きたことがうかがえます。その出来事とは、かつても出会ったことのある「夏の葬列」を見たことでした。「夏の葬列」という表現が作品名となったのも、それゆえです。

偶然の皮肉

彼は十数年前の小学生の頃の、戦争末期の三カ月間、その町に疎開していました。そこで同じく東京から疎開してきた、二つ上のヒロ子と親しくなります。ある日、いつものように二人で遊んでいると、遠くを歩く葬列を見つけ、葬式饅頭がもらえるかもしれないと思って、走り寄ります。その時、突然アメリカの艦載機の攻撃を受けます。彼は無事でしたが、彼をかばおうとしたヒロ子はその銃弾に当たってしまいます。そして、その生死も確認できないまま、翌日終戦となり、彼は東京に戻ったのでした。

以来、彼はずっとそのことを気に病んでいました。自分がヒロ子を殺したのではないかと思い込んでいたのです。作品の最後近くで、彼は再訪の目的を次のように語っています。

今日、せっかく十数年後のこの町、現在のあの芋畑をながめて、はっきりと敗戦の夏のあの記憶を自分の現在から追放し、過去の中に封印してしまって、自分の身をかるくするためにだけおれはこの町に下りてみたというのに。……まったく、なんという偶然の皮肉だろう。

「偶然の皮肉」だったのは、単にあの日と同じ葬列に出会ったことだけではなく、その死者が他ならぬヒロ子の母親だったということです。葬列に付き従っていた子供に事情を聞くと、ヒロ子はやはり死亡し、母親はそれから頭がおかしくなったあげく、一昨日自殺したということでした。すっかり変貌した町のように、その町での過去が跡形もなく消えうせてしまうことを望んでいたのに、その核心となる真相を、よりによってその日に、ピンポイントで突きつけられたわけですから、「偶然の皮肉」以外のなにものでもないでしょう。

この「偶然の皮肉」というものが厳然と存在することを示すのが、この作品のそもそものねらいだったのではないでしょうか。それは、さかのぼれば、その町に疎開したことにも、ヒロ子と出会ったことにも、葬列があったことにも、かばおうとしたほうが殺されたということにも、すべてあてはまります。逆に、そのように考えなければ、この作品はいかにも出来すぎ、作りすぎの物語のように思えます。アイデア勝負の、ショートショートだからこそ許され、試される設定・展開であって、まさにそのジャンル的な特性をたくみに生かした作品と言えます。

そのような作品にとって、「表現の魅力」も、まして「平和への願い」や「人間としての生き方」も、あえてそのような観点から読もうと思えば読めなくもないという程度にすぎません。

「線の少女」

寺山修司

最初

「水平線を書いてごらん。」と先生が言った。

少女は画用紙に、一本の線を引いた。

最後

だから少女は、水平線を見るといつでも悲しくなった。

「あたしの水平線は今は瓶（ビン）の中に閉ざされているけど、そのうちほぐれた糸のように外界へのびてゆき、きっとあたしのもと来た少女の道へ戻る案内人になってくれるに違いないのだ。」

と思いながら……。

水平線は誰のものか？

寺山修司の作品が教科書に載るのは、短歌かエッセイで、小説が取り上げられるのは珍しいことです。この「線の少女」というごく短い作品は、中学の『国語Ⅱ』（三省堂）に収められました。なぜ、この作品が選ばれたのでしょうか。

「学習の手引き」には、「この小説の世界について、感じたことを話し合ってみよう。」とあるだけです。中学生の「少女」が登場人物ということもあるかもしれませんが、普通にイメージされる「小説の世界」とは異なる世界を描いたからではないかと考えられます。

冒頭の部分は、教室での先生と生徒の、いかにもありそうな、普通のやりとりのように思われます。ところが、このすぐ後、少女の「水平線って、どこからどこまで続いているの？」という質問に対して、先生が「無限だよ。」と答えるところから、ありえない世界に入っていきます。その少女は、画用紙からはみ出しても、鉛筆で線を描き続け、やがて教室を出て、校庭を抜け、町へ出て、そして帰って来なくなってしまうのです。

まっすぐに線を描き続ければ、やがて地球を一回りして、いずれはまた同じ場所に戻って来ることになるはずです。とはいえ、それまでいったいどれくらいの年月を要することになるでしょう。その時まで自分は待っていられるだろうかと、先生はのんきに心配します。

その後、少女は船に乗って、海の上でも線を引き続けるのですが、地球の反対側の島で出会った男と結婚して、「はるかな遠い国」で暮らすことになり、線を引くことを止めてしまいます。

これだけならば、少女にありがちな、気まぐれで夢見がちなエピソードということになりそうです。たしかに、この作品では、ついに少女は、線を引き終わることを意味する元の場所に戻ることはありませんし、いずれ違った形で、そうなるだろうというような暗示もされません。

考えてみると、この物語は、先生が水平線は無限だと言ったところから動き出したのでした。そして、少女はその無限を実現するために、線を書き始めたのでした。しかし、限りある人間が無限を確かめること自体が不可能なのですから、少女の行動はそもそも叶うことのない、無謀なものだったのです。少女は先生の言葉に馬鹿正直に従っただけであり、あえて挑戦するという気負いもなかったでしょう。先生も、少女がまさか無限に水平線を書くなどとは思いもしなかったはずです。

水平線の意味

この作品が面白いのは、それでも先生が、その少女をいつまでも待ち続けたことです。「絵の宿題を出したのはわたしだから、その絵が提出されるまでは待っててやらねばならない」と思ったというのです。十分に歳をとり、学校も廃校になったにもかかわらず、同じ教室で、ひとりぼっちで。おそらく、少女は帰らないまま、その先生はその場で亡くなるのでしょう。

このあたりからは、教える側の言動に対する責任のとり方という問題が浮かび上がってきそうですが、世の中の常識に逆らい続けた寺山が、そんなことをねらうはずがありません。この人物設定に意図があったとすれば、せいぜい、何かをのんびり待ち続けるという生き方もあるということを示すくらいではないでしょうか。

一方の少女ですが、幸せな家庭に満足しながらも、「先生の宿題を忘れてしまったわけで」はありませんでした。ただ、ひとり自由に生きられた若い頃とは違って、今や妻としての、また小さい子供を抱える母としての立場があり、責任がありました。そうして、作品最後の部分となります。

少女はなぜ、「水平線を見るといつでも悲しくなった」のでしょうか。そして、「あたし」の「水平線」とは、いったい何だったのでしょうか。このように問うと、なんだか「学習の手引き」みたいですが、この作品はもともと、水平線をめぐっての一つの寓話(ぐうわ)として成り立っているのでした。その、いわば種明かしが末尾の部分で行われています。ポイントになるのが、現実の「水平線」ではなく、まさに「あたしの」という限定の付いた、比喩的な「水平線」という言葉なのです。

この「水平線」を、分かりやすく「夢」という言葉に置き換えてもいいかもしれません。この作品で「水平線」が選ばれたのは、無限であること、まっすぐであること、そしてあるいは一回りすること、などのイメージによると思われます。

少女が悲しくなったのは、眼前にある現実の水平線と、目には見えない「あたし」の水平線とのギャップにありました。じつは、かの先生にも、水平線を眺めながら、来るあてのない少女を待ち続けるという、先生なりの無限の水平線があったのでした。

ある朝、いつものようにキャンディーで膨らんだポケットを押さえつつ湖に来てみると、白鳥の姿がなかった。白鳥はキャンディーの重みで湖の底に沈み、一滴の雫になっていた。

番人はまた、独りぼっちになった。

「愛されすぎた白鳥」

小川洋子

最初

西の果てに大きな森があった。

愛は報われないのか？

近年は、現役作家の作品も教科書に載るようになりました。この、小川洋子の「愛されすぎた白鳥」もその一つで、高校の『精選国語総合現代文編』（筑摩書房）の小説の最初の単元に、芥川龍之介の「羅生門」とともに収められています。

「愛されすぎた白鳥」という短編小説は、もともと小川の『おとぎ話の忘れ物』という作品集に入っていたことからも分かるように、「おとぎ話」として書かれたものです。「おとぎ話」とは寓話、つまりたとえ話であることが多く、教科書でも寓話という物語形式の例として扱っています。

この作品は、最初の一文のように、物語の舞台となる場所を説明するところから始まります。そして第二段落になって、今度はその森の番人が紹介され、続く第三段落は、その番人について、次のような説明が補足されます。

男は母の面影を知らず、学校を知らず、友情を知らなかった。書物とも楽器とも旅とも無縁だった。兄弟も恋人もいなかった。多くのことを知らないまま、老いを迎えていた。

つまり、この男は、愛を知らない、孤独な人間として設定されているのです。

最初の第二段落では、「貧しい農民の娘には、秘密の茸が群生する場所を教えてやり、狼に襲われ傷ついた小鹿を見つけると、幾晩でも寝ずの看病をしてやった。」と書かれているにもかかわらず。また、その後に登場する「十日に一度小屋に顔を出す、食料品店の配達人」の若者に対しても、愛想よく相手をするにもかかわらず、です。

これらは、この男の持つ生来の優しさによるものであって、愛とは別物ということなのでしょう。

物語の後半になって、この番人と白鳥との出会いがあります。その美しさに魅入られたこともありますが、群れからはぐれたらしい一羽の白鳥に、番人は自らの孤独を重ねあわせたのかもしれません。そこから、愛が芽生えてゆくのです。

結末の不幸

白鳥に気に入られようとして、番人が思いついたのは、毎晩、ほとんど唯一の楽しみとして一粒ずつ口にするキャンディーをあげることでした。白鳥はそれを受け入れてくれました。気を良くした番人は毎日毎日、しかも量を増やしてキャンディーを白鳥に与え続けたのでした。

教科書では、「「番人」と「白鳥」にとってキャンディーとはなんであったのか、話し合ってみよう。」と、生徒に問いかけています。おとぎ話なら、言葉が通じ合ってもよさそうなのですが、この作品ではそのように設定していません。このキャンディーのやりとりだけが、番人と白鳥との愛のコミュニケーションだったのです。

その結果が、最後の部分であり、「愛されすぎた白鳥」というタイトルと結び付くことになります。それにしても、愛しすぎると相手を失ってしまうというのは、なんだか悲しすぎませんか。

物語の展開に即せば、当然、番人と白鳥はこれからどうなるのだろうという期待がふくらみます。ある日、白鳥がキャンディー好きの女の子に変身して、その後、年老いた番人と一緒に暮らすようになり、愛を知らない、孤独だった男が、愛に満ちた幸せな日々を過ごして、最期を迎える。こんなハッピー・エンドでも悪くないような気がします。

しかし、作者はそういう結末にはせず、あくまでも最後の一文「番人はまた、独りぼっちになった。」に持って行こうとしたのでした。

なぜでしょうか。

番人は、森の動物の生態をよく知っていたはずですから、白鳥の好む食べ物がキャンディーなどではないと分かっていたはずです。それでも、白鳥にキャンディーを与えたのは、それが番人にとっていちばん大切な物だったからでした。

そのすべてを白鳥に与えるのは、そして、白鳥がそれを受け入れるのを見るのは、番人にとっては、それだけで十分に幸せなことでした。何の見返りも期待しないというのは、まさに「無償の愛」と呼べるものです。おそらく白鳥もそれが分かっていたからこそ、差し出されるがままに呑み込み続けていたのでしょう。やがて自らの死を招くことも知らずに、あるいは覚悟して。

作者は、それをタイトルで「愛されすぎた」と表現したのでした。「過ぎたるは及ばざるがごとし」とはいうものの、「ちょうどいい愛」なんて、そもそもあるのかしらん。

2

名作の終わり方

夏目漱石「夢十夜　第一夜」
梶井基次郎「檸檬」
二葉亭四迷「新編浮雲」
国木田独歩「忘れえぬ人々」
志賀直哉「小僧の神様」
川端康成「有難う」
北条民雄「いのちの初夜」
谷崎潤一郎「私」
安部公房「無関係な死」
三島由紀夫「憂国」

最後

「百年はもう来ていたんだな。」とこの時
初めて気がついた。

「夢十夜　第一夜」

夏目漱石

こんな夢を見た。

百年はどのくらいの長さか？

夏目漱石と言えば、「坊っちゃん」や「吾輩は猫である」あるいは「こゝろ」あたりが、とくに有名ですね。『夢十夜』という、漱石の短編連作集は、彼の作品の中では珍しく、ごくごく短い夢の話を、「第一夜」から「第十夜」の十編にまとめたものです。夢の話ですから、設定も展開もきわめて非現実的です。これが漱石？と意外に思われるかもしれません。しかも、そういう作品が当初、新聞に集中連載されたことを知れば、ますます意外感が強くなるでしょう。

作品冒頭の「こんな夢を見た。」という一文から成る第一段落は、以下に続く話が夢の内容であるという、全体の枠組みを示しています。いきなりの「こんな」という指示語は、それ以下の文脈をあらかじめ指示して、読み手の興味を喚起する表現です。「見た」の主語が省かれているのは、言うまでもなくそれが語り手だからです。

この種の始まりは、「第一夜」だけでなく、「第二夜」「第三夜」「第五夜」にも見られます。それら以外はそういう断りがなく、すぐ話が始まります。ただ「第九夜」は、末尾に「こんな悲しい話を、夢の中で母から聞いた。」とあり、最後になって、夢だったことが知れるようになっています。

「第一夜」の最後の一文「「百年はもう来ていたんだな。」とこの時初めて気がついた。」というのは、この作品の夢の話そのものの結末であって、作品の冒頭文とは照応していません。夢の話としては、最初の一文に続く「腕組みをして枕元に座っていると、仰向きに寝た女が、静かな声でもう死にますと言う。」から始まっています。

そして最後の一文と照応するのは、作品なかほどの、「女は静かな調子を一段張り上げて、「百年待っていてください。」と思い切った声で言った。「百年、私の墓のそばに座って待っていてください。きっと会いに来ますから。」」という部分です。最後の一文は、女のその言葉に従って百年待ち続けていたことに「自分」が気付いたことを表わしています。

それでおしまいです。だから何?ということがありません。あくまで「こんな夢を見た。」ということですから、いわゆるストーリーやリアリティなどを探し求めても、無駄でしょう。実際に漱石が見た夢かどうかはともかく、むしろ漱石はそういう作品作りをあえて試みたと思われます。

百年という時間

この夢の話の中でとくに印象に残るのは、「百年待つ」というところではないでしょうか。百年というのは、一人の人間が待つ時間としては、いかに高齢化が進んだ現代とはいえ、現実にはいささか長すぎます。かと言って、待つ時間の長さを比喩的に誇張して表現するにしては、百年は物足りないとも言えます。つまり、百年というのは、現実をちょっと越えたところで、もしかしたらありえるかもしれないという、微妙なリアリティを持っているということです。もちろん、本当の夢の中でなら、何でもありなのですが、この作品を読むと、「百年待つ」ことの可能性を受け入れることができるように思われます。

最後の一文で、「百年はもう来ていたんだな。」と気付いたのは、その女がそのまま生き返ったからではなく、女の墓から一本の白百合が生えてきて花が咲いたからでした。つまり、その白百合が女の化身だったということになります。そのことを「自分」はまったく疑うことがありません。

それも不思議ですが、不思議なのはそもそもの夢の始まりからであって、なぜ女が死ななければならないのかさっぱり分かりませんし、ついに死んでしまうのも「自分」が待つことを約束したからのように思えます。まるで、再会を約すと安心して死ねるかのように。

そして、「自分」は墓の前で、その日が来るのを待ち続けるのですが、なかなかその日が訪れず、女にだまされたのではないかと思い始めます（遅すぎますって）。そう思った矢先に、白い百合が突如、咲いたのでした。

あらためて、最後の一文の「百年はもう来ていたんだな。」という表現を見直してみると、奇妙な感じがしませんか。たとえば、「百年が経ったんだな。」とか「百年目は今日だったんだな。」とかだったら、この場面での気付きとして、適切でしょう。「もう来ていた」というのは、すでにそれが実現していたことに、これまで気付かなかったことになります。

無理もありません。百年後の何月何日と決まっていたのでもありませんし、そもそもそういう時間感覚は成り立ちようのない話なのです。逆に言えば、女が姿を現さないと、百年経ったことにはならないのです。だからこそ「百年はもう来ていたんだな。」という納得が奇妙に感じられるのです。

しかし、この納得の奇妙さが、この夢の話そのものの奇妙さに見合っているとも言えるでしょう。

最後

そして私は活動写真の看板画が奇体な趣きで
街を彩っている京極を下って行った。

「檸檬」

梶井基次郎

えたいの知れない不吉な塊(かたまり)が私の心を始終圧(おさ)えつけていた。

それは犯罪か？

「檸檬」は、梶井基次郎の代表作であるとともに、日本の近代小説の古典とも評価されています。詩のような作品とも言われ、実際、近代詩歌のアンソロジーにも収められています。

梶井は若くして亡くなったこともあり、二十編程度の短い作品しか残していません。それぞれの作品の最初と最後を比べてみると、表現そのものとしては、最初のほうに印象的なものが目立ちます。たとえば、「桜の樹の下には屍体が埋まっている！」(桜の樹の下には)、「冬の蝿とは何か？」(冬の蝿)、「猫の耳というものはまことに可笑しなものである。」(愛撫)、「吉田は肺が悪い。」(のんきな患者)などなど。前置きなしで、いきなり意表を突く表現になっています。

「檸檬」は、先行する「瀬山の話」という作品の中に収められた挿話の一つを独立させたものでした。元となる「瀬山の話」の挿話での最後は、「――君、馬鹿を云ってくれては困る。――僕が書いた狂人芝居を俺が演じているのだ、然し正直なところあれ程馬鹿気た気持に全然なるには俺にはまだ正気過ぎるのだ。」。そして最初は、「恐ろしいことには私の心のなかの得体の知れない嫌悪といおうか、焦燥といおうか、不吉な塊が――重くるしく私を圧していて、私にはもうどんな美しい音楽も、美しい詩の一節も辛抱出来ないのがその頃の有様だった。」となっていました。

「檸檬」との差は歴然としていますね。とくに最後のほうが大きく異なっています。「瀬山の話」では、その直前に自らのとった行動について、言い訳がましくコメントを加えていますが、「檸檬」

では、その後の行動のみを示して終わっています。どちらに、短編小説らしい切れ味があるかは、言うまでもないでしょう。冒頭のほうは、内容はほぼ同じですが、その第一文が簡潔に洗練されていて、「えたいの知れない不吉な塊」が強く印象付けられます。

梶井は、このレモンのモチーフがよほど気に入っていたようで、「秘やかな楽しみ」という詩にも取り上げています。その最後の三行には、「奇しきことぞ　丸善の棚に澄むはレモン（改行）企みてその前を去り（改行）ほゝえみて　それを見ず、」とあります。

レモンの存在

作品に描かれたエピソードそれ自体は、取るに足りない出来事です。出来事とさえ言えないかもしれません。気晴らしに街をさまよい、途中で買い求めた一個のレモンを、丸善という店にあった洋書の山の上に置いてきた、というだけのことですから。

これが名作たりえているのは、そこに類いまれな想像上の世界を描いたところにあります。その想像とは、レモンを爆弾とみなし、それがやがて爆発して、周りが木端微塵になるというものです。

もしかすると、このレモンは、冒頭に出てくる「不吉な塊」と同一の色・形であり、また「つまりはこの重さなんだな。」という重さだったのかもしれません。とすれば、レモン爆弾の爆発は、すなわち私の中にある「不吉な塊」が雲散霧消するという想像でもありました。もちろん、あくまでも想像ですから、実現することはありません。それでも、そういう想像ができただけでも、鬱屈していた「私」は、愉快な気分になれたのでした。いわば、仮想上の愉快犯です。

「そして私は活動写真の看板画が奇体な趣きで街を彩っている京極を下って行った。」という最後の一文からは、犯人が犯行直後に、一人ほくそえみながら、目立たないように現場を離れる様子が浮かんできませんか。おそらくは、通りがかりに目に入った「奇体な趣き」の「活動写真の看板画」なども、まもなくすべて吹き飛んでしまうことを思い浮かべながら。

これまでの「檸檬」研究では、この作品の読み方として、「レモン爆弾の幻想を一時的な自己慰安になぞらえる読みの立場と、それよりも激しい自己変容を希求する読みの立場」の二つがあり、前者の立場のほうが優勢ということです（古閑章『梶井基次郎の文学』おうふう）。

愉快犯というのは、一度うまくゆくと癖になり、しかも捕まるまで、次第にエスカレートしてゆくようです。現実の愉快犯ならば、最後には破滅が待っているだけですが、想像の愉快犯ならば、その限りではなく、むしろそのエスカレートこそが、「自己変容」の希求と言えなくもありません。そう考えれば、梶井文学の場合は、そういう変容を、作品において、つまりは想像世界において、いかに実現させていったかということになるのではないでしょうか。

この作品の最後が、どこかハード・ボイルド的な、クールなエンディングになっているとすれば、「自己慰安」の愉快犯にとどまらない、「自己変容」の確信犯という読みの可能性も出てくるように思われます。

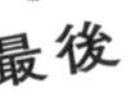

最後

とにかく物を云ったら、聞いていそうゆえ、今にも帰ってきたら、今一度運を試して聴かれたらその通り、**もし聴かれん時にはその時こそ断然叔父の家を辞し去ろうと、遂にこう決心して、そして一と先ず二階へ戻った。**

「浮雲」

二葉亭四迷

最初

千早振る神無月も最早跡二日の余波(なごり)となった二十八日の午後三時頃に神田見附の内より塗渡(とわた)る蟻(あり)、散る蜘蛛(くも)の子とうよ〳〵ぞよ〳〵沸出でて来るのは孰(いず)れも顋(おとがい)を気にし給う方々、

終わったのか、終わっていないのか?

二葉亭四迷の「浮雲」は、日本の近代文学史を学べば、必ずというくらい登場する作品です。近代の、言文一致の文章で書かれた最初の小説と評価されているからです。しかし、今となっては、もはや文学史上の一作品として記憶されるだけになっているのかもしれません。

「浮雲」は三編から構成された長編小説で、当時としてはよく売れたようです。このうち、第一編と第二編は順に単行本で出版されましたが、第三編は明治二二年に、人気のあった文芸誌の『都の花』に連載されました。主人公は内海文三という若者で、寄宿先の娘・園田勢との関係が、免職をきっかけに疎遠となり、それをめぐって煩悶するという、現代でもよくありそうな話です。

従来、この「浮雲」に関して取り上げられてきた問題の一つに、はたして作品として完結しているか、ということがあります。

『都の花』連載最後の第十九回の文章の末尾には「(終)」と記されているにもかかわらず、二葉亭の日記に、その後の展開に及ぶ構想メモがあることから、中絶ではないかという疑問が呈されてきたのです。

真相は分かりません。ただ、構想メモはあくまでも原稿にする前の段階のものにすぎませんし、雑誌に掲載される際、本人以外が勝手に「(終)」とするとは考えにくいことではないでしょうか。何より問題にすべきは、最後の一文に、いろいろな意味で完結感、終わった感があるかどうかです。

この最後の一段落には、文三の内面の動きが中心に描かれています。これは第三編全体を通しても言えることで、出来事自体の進展はほとんどなくなっています。そのうえで、最後の一文の「遂にこう決心し」、「一と先ず二階へ戻った。」という、文三の行動を示して終わっています。

これは、ああでもない、こうでもないとひとり思い悩んだ末の決断であり、行動です。その点では、「一と先ず」という条件付きながらも、一つの決着を示していると言っても良いでしょう。

冒頭と末尾の落差

二葉亭の構想メモによれば、文三と喧嘩した後、文三の同僚だった本田昇と付き合い始めたお勢が、やがて昇に捨てられて発狂するところまで進むことになっていました。肝心の文三がそれにどのように関与するかは、まったく示されていません。たぶん何の助けにもならなかったのでしょう。それでは、文三を中心とした物語ではなくなってしまいます。とすれば、「一と先ず」という決着に留めるしかなかったのではないでしょうか。

このような、終わっているのかいないのか、はっきりとは分からない、今どき風の最後の一文に比べると、冒頭部分はいかにも古臭く定番の情景描写です。とても言文一致の表現とは言えません。二葉亭は言文一致化にあたって、落語や講談などの話芸の言葉づかいを参考にしたようですが、この冒頭部分は、話の入り方といい、語りの口調といい、その影響がうかがえます。

「浮雲」という作品が言文一致体の最初の小説である、という評価はけっして不当ではありません。しかし、全編一律に言文一致というわけではなく、各編そして各回にも、表現には大きな相違が認められます。その相違が端的に表われているのが、最初と最後の一文です。

つまり、最初の一文にはまだ江戸をひきずっている時代の古さが、そして最後の一文には現代でもほとんど違和感のない新しさが認められます。このような両極的な文体の混在という点でも、二葉亭の「浮雲」は特異な作品と言えるでしょう。

しかも、その変化がわずか三年という期間に見られるのですから、時代的変化と呼ぶにはあまりに急激です。なぜ、こんなにも変わったのでしょうか。

考えられるのは、地の文としての質のありようの差、具体的には、文三を外側から捉えるか、内側から捉えるかという違いです。作者の二葉亭は物語を進展させてゆく過程で、しだいに後者に重点を置くようになり、それに即した新しい表現方法を試みていったと推測されます。

とはいえ、内面だけに終始し、結局、何の行動にも出ることができずに煮詰まってしまえば、どのみち、物語としては、その先に進みようもなかったと言えます。その後の近代文学史は、その方向にどんどん進んでゆくことになるのですが、「浮雲」の時点では、そこが限界だったのかもしれません。

二葉亭自身がふたたび小説に手を染めるのは、それから二十年も経ってからのことで、「其面影」という、なかなか変化に富む、別の作品でした。

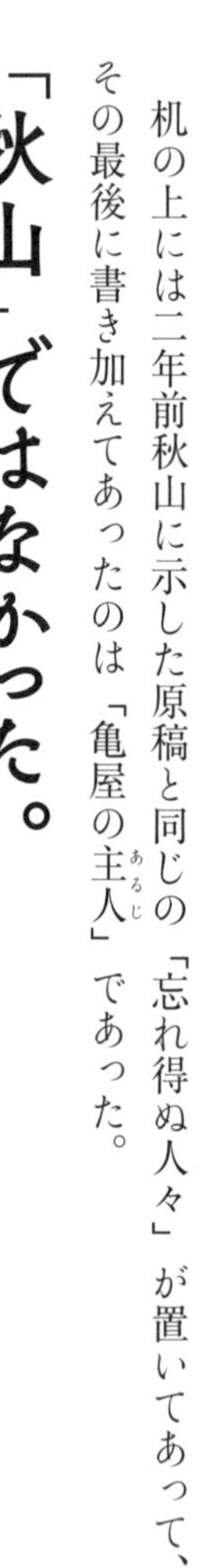

最後

机の上には二年前秋山に示した原稿と同じの「忘れ得ぬ人々」が置いてあって、その最後に書き加えてあったのは「亀屋の主人（あるじ）」であった。

「秋山」ではなかった。

「忘れえぬ人々」

国木田独歩

最初

多摩川の二子の渡（わたし）をわたって少しばかり行くと溝口という宿場がある。その中程に亀屋という旅人宿（はたごや）がある。恰度（ちょうど）三月の初めの頃であった、この日は大空かき曇り北風強く吹いて、さなきだに淋しいこの町が一段と物淋しい陰鬱な寒むそうな光景を呈して居た。

最後の一文は何のためにあるのか？

国木田独歩は、近代文学史的には、田山花袋などとともに、自然主義文学の作家と位置付けられています。「武蔵野」という作品に代表されるように、観光名所ではない、ありきたりの自然をありのままに描き、そこに新たな風景美を見出したとされます。その徹底ぶりは、この「忘れえぬ人々」という作品において、ついに人間さえも風景として捉えている点に表われています。

「忘れえぬ人々」という作品名は、中心人物の大津弁二郎という、二十代後半の「無名の文学者」が書きかけている小説のタイトルです。この作品は、大津が宿で知り合った「秋山松之助」という、同年代の「無名の画家」に、その内容を語ることが中心になっています。

大津は、徹夜語りの締めくくりに、「忘れえぬ人々」とは「皆な是れこの生を天の一方地の一角に享けて悠々たる行路を辿り、相携えて無窮の天に帰る者」であると説明します。そして、彼らに出会うと「僕はその時ほど心の平穏を感ずることはない。その時ほど自由を感ずることはない。その時ほど名利競争の俗念消えて総ての物に対する同情の念の深い時はない。」と酔ったように語ります。

このように大津が感じてしまうのは、「僕は絶えず人生の問題に苦しんでいながら又た自己将来の大望に圧せられて自分で苦しんでいる不幸な男」だからというのです。何ということはない、一般大衆とは違って、選ばれた知識人だからこそ、自分と競うこともなく、人生の問題などで悩まず生きて死んでゆくであろう人々を見ると、平穏な気持ちになるわけです。至極もっともなことですが、現代ならば、鼻持ちならないエリート意識とみなされるでしょう。もし、この大津がそのまま国木田の考えを代弁しているのだとしたら、当時の読者はいったいどのように受け止めたか、気になります。もっとも、それは国木田に限らず、近代作家の大方にあてはまることですが。

風景としての人々

作品の舞台となる空間と時間を提示する冒頭部分は、あたかも長編小説の書き出しのようです。これに続く「昨日降った雪が未だ残って居て高低定らぬ茅屋根の南の軒先からは雨滴が風に吹かれて舞うて落ちて居る。草鞋（わらじ）の足痕に溜った泥水にすら寒むそうな漣（さざなみ）が立て居る。」という細やかな情景描写は、自然主義作家の面目躍如たるところです。

そのやや長い冒頭段落の次の段落で、「亀屋」という旅人宿を訪ねる大津が「一人の男」として登場します。そして、そこの主人とのやりとりの後、部屋に入ると、隣室にいた秋山と酒を飲みながら話し込むことになります。

秋山に促されて語った「忘れえぬ人々」として詳しく紹介されたのは、三人でした。一人めが、小島の磯を漁っていた男、二人めが、馬子唄を歌いながら空車を引いていた村の若者、三人めが、四十代の琵琶僧です。共通しているのは、どれも旅先でたまたま出会ったということ、みな男性ということ、直接的な関わりはまったくなかったということ、そして無学で貧しいということです。

ただし、以上の共通点を持っている人は他にもたくさんいたはずです。その中から、なぜこの三人だったのかについては、何の説明もありません。あるいは、そこにこそ、国木田独自のセンスが働いているのかもしれません。

末尾部分は、二年後のことで、大津はなお「忘れ得ぬ人々」という原稿を書き続けていたのでした。そして、「その最後に書き加えてあったのは「亀屋の主人」であった。「秋山」ではなかった。」とありますから、その二年間に「忘れえぬ人々」と出会うことがなかったということになります。この調子では、何年かかっても、作品はまとまらないような感じですね。

それにしても、この最後の「「秋山」ではなかった。」という、あらずもがなの一文が、なぜわざわざ付け加えられたのでしょうか。答えは簡単、秋山も大津と同じ知識人だからです。

たった一晩とはいえ、親しく語り合った仲ですから、忘れてしまったわけではないでしょう。そのことを示すために、添えられた一文と考えられます。「亀屋の主人」と「秋山」、どちらも忘れてはいないけれども、「忘れえぬ人々」となるか、ならないかの決定的な違いがあることを強調したのでした。それは同時に、大津にとって、自分自身も「忘れえぬ人々」の中には入りえないということでもあります。

大津は「忘れえぬ人々」について、「これらの人々を見た時の周囲の光景の裡(うち)に立つこれらの人々」と、回りくどく説明していました。つまり、見る人である大津に対して、「忘れえぬ人々」とは、ただ見られるだけの光景（たとえそこに美を見出したとしても）の一つでしかないのでした。

「小僧の神様」

志賀直哉

仙吉は神田のある秤屋（はかりや）の店に奉公している。

作者は此処（ここ）で筆を擱（お）く事にする。実は小僧が「あの客」の本体を確めたい要求から、番頭に番地と名前を教えてもらって其処（そこ）を尋ねて行く事を書こうと思った。小僧は其処へ行って見た。ところが、その番地には人の住いがなくて、小さい稲荷（いなり）の祠（ほこら）があった。小僧は吃驚（びっくり）した。——とこういう風に書こうと思った。しかしそう書く事は小僧に対し少し残酷な気がして来た。

それ故（ゆえ）作者は前のところで擱筆（かくひつ）する事にした。

あの客は神様か人間か？

志賀直哉といえば、近代の名文家中の名文家とみなされています。この「小僧の神様」も、「城の崎にて」などとともに、名文として評価の高い短編小説です。

名文というのは、簡潔明快で「透明」な、つまり文章そのものを意識させない文章のことを言います。文庫本解説でも、「「神田の秤屋の店」に「奉公」している仙吉の置かれている立場、その心理と行為、それが目に見えるようにくっきりと描き出されている。」と評されています。

「小僧の神様」の最後として掲げた部分は、じつは物語自体の結末ではなく、いわばその後書きです。物語の結末は、最終章の最後の一段落に、次のように示されています。

彼は悲しい時、苦しい時に必ず「あの客」を想った。それは想うだけである慰めになった。彼は何時かはまた「あの客」が思わぬ恵みを持って自分の前に現れて来る事を信じていた。

「あの客」とは、小僧の仙吉に、美味しい鮨を腹いっぱい食べさせてくれた、名も知らぬ、秤屋の客のことですが、この結末で作品が終わっていたならば、後味の良い話としてスッキリしたものになったような気がしませんか。

これに対して、もし後書きという形ではなく、その内容がそのまま物語の結末部分として書かれていたとしたら、どうだったでしょうか。志賀の言うように、「小僧に対し少し残酷な気」がするでしょうか。

そこに「稲荷の祠」が出てくるのには、次のような、それなりの伏線があります。

とにかくあの客は只者ではないという風に段々考えられて来た。自分が屋台鮨屋で恥をかいた事も、番頭たちがあの鮨屋の噂をしていた事も、その上第一自分の心の中まで見透して、あんなに充分、御馳走してくれた。到底それは人間業ではないと考えた。神様かも知れない。それでなければ仙人だ。もしかしたらお稲荷様かも知れない、と考えた。

そして、あてどころを訪ねたら「小さい稲荷の祠」があったのですから、「小僧は吃驚した」というのも当然です。ただし、正体を知ってしまったからといって、同様の幸運が小僧に二度と訪れないということにはならないはずです。とすれば、「小僧に対し少し残酷」という結末にはならないのではないでしょうか。

後書きというレトリック

井上ひさしは『自家製文章読本』(新潮社)の「透明文章の怪」という章で、透明な文章を書く作家の代表とされる志賀直哉について、じつは「この作家はレトリックの名人」「じつに修辞法の大親玉」と主張しています。その根拠となる例として、この「小僧の神様」の最後を取り上げ、「暗示的看過法(主題の重要事実を省略または看過するように見せかけておいて、じつはそれについてたっぷり喋ってしまっている技法)という奇策で締めくくる」と説明します。

つまり、本編ではなく、付録としての後書きに、もっとも大事なことを示すというレトリックが用いられているということです。

かりにそうだとすると、志賀はなぜわざわざそのような面倒くさいことをしたのでしょうか。じつは、この作品には、そうせざるをえなかった事情があったのです。その事情とは、この作品が、小僧の物語であるとともに、「あの客」と呼ばれる、若い貴族院議員Aの物語でもあるということです。小僧だけの物語であれば、彼に幸運を与えたのが人間であってもお稲荷様であっても、それなりに完結します。しかし、後書きに書いてあるとおりに終わると、「あの客」は、人間ではなく、お稲荷様の化身ということになってしまいます。

この作品では、小僧に施しをすることに対する「あの客」のためらいの心境を、くどいくらいに描いています。そして、いろいろ細工をして施しをし終えた後も、満足することなく、「変に淋しい気持」（「城の崎にて」にも、何度も出てくる表現ですね）に囚われてしまうのです。このような「あの客」の心理の描写を生かすには、最後で「神様」にも「お稲荷様」にもするわけにはいかなかったのでした。小僧にとっては「神様」であったとしても、「あの客」自身は、悩み多き、生身の人間だったというわけです。

そのうえで、井上の言うような、後書き部分にレトリックを認めるとすれば、それはこの作品における二つの物語のそれぞれに決着を付け、さらに小僧のほうがあくまでも主役であるということを示したかったからでしょう。

今年は柿の豊年で山の秋が美しい。

「有難う」

川端康成

今年は柿の豊年で山の秋が美しい。

なぜ最初と最後がまったく同じなのか？

ノーベル賞作家の川端康成がおもに二十代に書いた、ごく短い小説の一群を、「掌（たなごころ、あるいは、てのひら）の小説」と言います。実際、改版後の文庫に収められた、その一二二編は、長くても十ページ程度で、二〜五ページの作品がほとんどです。

その中から「有難う」という作品を取り上げるのは、最初と最後の一文が「今年は柿の豊年で山の秋が美しい。」で、まったく同一だからです。このような首尾を成す作品は、この一編しかありません。しかも、その文が自然描写であるという点も異例です。

川端の自然描写の繊細さや美しさはよく知られているところです。冒頭部分に限っても、たとえば、「遠くに湖水が小さく光っている。古庭の水の腐った泉水を月夜に見るような色である。」（火に行く彼女）、「夕暮になると、山際に一つの星が瓦斯（ガス）燈のように輝いて、彼を驚かせた。」（神います）、「夏だった。朝毎に上野の不忍池では、蓮華の蕾（つぼみ）が可憐（かれん）な爆音を立てて花を開いた。」（帽子事件）、「青磁色が濃くなって来て空は美しい瀬戸物の肌のようだった。」（笑わぬ男）、「紅梅が真盛りの窓の向うに、青い海は陽炎（かげろう）が立っていた。」（喧嘩）など、いくつも見られます。

ところが、最後が自然描写で終わるのは、「有難う」以外では、「三本の大樹のうしろは、細い木々に夕べの色がただよいはじめ、海の音がする向うの空はぼうっと薄あかね色だった。」とある「不死」の一編しかありません。

「有難う」の最初と最後の一文は、それだけで一段落を構成しています。つまり形式的には独立したものであり、しかも内容的にも、どちらもその直後、直前の文脈とは直接、つながっていません。最初の一文に続くのは、「半島の南の端の港である。」、最後の一文の直前は、「彼は十五里の野山に感謝を一ぱいにして、半島の南の端の港に帰る。」です。加えてこの作品の中には、柿のことについても、山の風景についても、まったく描写がないのです。

物語としては、母親が娘を売りに行くため一緒にバスに乗るところから始まり、その運転手とのやりとりを経て、翌朝、その二人が家に帰るため、またバスに乗ったところで終わります。

「有難う」という作品名は、その運転手が、バスの運行中に行き違う馬車や荷車や馬が道の脇によけてくれるのに、いちいち敬礼しながら「ありがとう」と言うことから付けられたあだ名に由来します。作品の中に、十三回も「ありがとう。」が連続的に出てきます。

自然と人為

川端とノーベル賞を争った三島由紀夫は、掌の小説の中でもっとも優れた作品として、この「有難う」を挙げています。その理由は、登場人物たち、くだんの母と娘、そして運転手がそれぞれ自らの運命を受け入れて真摯（しんし）に生きる姿を、淡々と描いた点にあったようです。

そのような登場人物たちと、この作品の同一文による冒頭と末尾の自然描写はどのように関連するのでしょうか。考えられるのは、次の三点です。

第一に考えたいのは、この一文中の「柿の豊年」と「山の秋が美しい」とが、どのように結び付くか、です。柿が豊年だと山の秋が美しくなるというわけではないでしょうから、別々の事柄の並列です。いっぽうは食料としての生活の実質、もういっぽうは観賞の対象という非実質であり、そのどちらにも恵まれているということになります。この作品に登場する母娘の家庭は、娘を売るくらいですから、けっして生活が楽なわけではありませんし、秋の紅葉を楽しむ余裕などないかもしれません。それにもかかわらず、この人々は実質的にも非実質的も、生きることに、じつは恵まれているという重ね合わせが意図されたのではないでしょうか。

第二に、柿が豊年であることも、山の秋が美しいことも、いわば自然の営みの結果です。その自然の営みが、登場人物たちの生き方にもあてはまるのではないか、ということです。母親が娘を売るという事態はきわめて残酷かつ悲惨ですが、母親も娘も、そして二人を運ぶ運転手も、やむをえないこととして受け入れて、取り乱すところがありません。この登場人物たちのありようは、第三者の目から見ると、人為的・作為的ではない、あたかも自然の営みのように見えるということです。

そして第三に、最初と最後での同一文の反復は、単に作品としての首尾照応を図るためではなく、同様のエピソードがこれからも当の登場人物たちはもとより、市井一般において営々と繰り返されることを暗示しているのではないか、ということです。そして、それは、そのような中を生きる人々に対する書き手からのオマージュのように思われてなりません。「有難う」という感謝の言葉がタイトルになっているのも、それゆえではないでしょうか。

「いのちの初夜」

北条民雄

最初

駅を出て二十分ほども雑木林の中を歩くともう病院の生垣が見え始めるが、それでもその間には谷のように低まった処や、小高い山のだらだら坂などがあって人家らしいものは一軒も見当たらなかった。東京から僅（わず）か二十マイルそこその処であるが、奥山へはいったような静けさと、人里離れた気配があった。

最後

あたりの暗がりが徐々に大地にしみ込んで行くと、やがて燦然（さんぜん）たる太陽が林のかなたに現われ、縞目を作って梢を流れて行く光景が、強靭な樹幹へもさし込み始めた。

佐柄木の世界へ到達し得るかどうか、尾田にはまだ不安が色濃く残っていたが、やはり生きてみることだ、と強く思いながら、光の縞目を眺め続けた。

死なないためにどうすればよいのか？

今や廃止された「癩予防法」が施行されていた頃は、患者は専門施設に強制隔離されました。当時は、不治の病とされ、遺伝的に感染する病気と信じ込まれていました。施設に隔離されてしまえば二度と出られず、家族と接触することも、子供を作ることも許されませんでした。また、家族に迷惑がかかるということで、偽名を使うことも当たり前でした。

北条民雄という作家は、自身、十八歳で発病し、翌年の一九三四年に施設に収容されることになりました。「いのちの初夜」という作品は、まさにその収容された日のことを描いたもので、かぎりなくノン・フィクションに近い内容と言えるでしょう。

タイトル中の「初夜」という言葉からは、何やら艶めいた内容を思い浮かべがちですが、原題が「最初の一夜」という、味もそっけもないものだったのを、文芸誌に推薦した川端康成がこのように変更したのでした。

内容を知らずに、冒頭の段落を読めば、東京近郊にのんきにハイキングに来たように受け取れます。しかし、第一文中の「もう病院の生垣が見え始めるが」の「もう」という言葉からは、その病院を目指して来たことがうかがえます。そして、段落最後の「奥山へはいったような静けさと、人里離れた気配があった」という表現からは、その病院が世間から隔離されていることが知れます。

主人公の尾田高雄は、病気の宣告を受けて以来、何度も自殺を試みたのですが、果たせませんでした。若くして、不治の病にかかったのですから、絶望して死にたくなるのは無理もありません。結局、死にきれずに病院に向かうことになったものの、その途中でも、入院した当夜にも、自殺を企て、不首尾に終わります。

いざその病院に入ると、ともかく「総てが普通の病院と様子が異なってい」ることに、尾田は戸惑うばかりでした。もっとも驚いたのは、患者たちそれぞれのおぞましいほどの異形でした。そのリアルな描写が続くあたりは、思わず息を呑んでしまいます。おそらくそれは誇張でも何でもなく、現実そのものだったのでしょう。

病室の付添となった佐柄木という男性でさえも、まだましとはいえ、同病患者であり、「病気は顔面を冒していて、眼も片方は濁っており、そのためか美しい方の眼がひどく不調和な感じ」でした。後に、その「美しい方の眼」も、義眼であることが分かります。

病を生きること

尾田がその夜、首吊りに失敗した後と、病室に戻って悪夢にうなされて目が覚めた後に、佐柄木は、穏やかに尾田を諭します。それは尾田を慰めるでもなく、同病相哀れむでもなく、こう語りかけます。

でもあなたは、まだ癩に屈服していられないでしょう。まだ大変お軽いのですし、実際に言って、癩に屈服するのは容易じゃありませんからねえ。けれど一度は屈服して、しっかりと癩者

の眼を持たねばならないと思います。そうでなかったら、新しい勝負は始まりませんからね。

さらに、佐柄木は、入院患者たちについて、「人間ではありませんよ。生命です。生命そのもの、いのちそのものなんです。」、「あの人たちの『人間』はもう死んで亡びてしまったんです。ただ、生命だけがびくびくと生きているのです。」、そして「新しい思想、新しい眼を持つ時、全然癩者の生活を獲得する時、再び人間として生き復(かえ)るのです。」と唱えるのでした。

当時は、もはや普通の人間としての生活ができなくなってしまうのですから、佐柄木の、このすさまじいほどの断念と覚悟がなければ、まともに生き続けることができなかったでしょう。「癩者の眼」「癩者の生活」を獲得するとは、それでも生きる希望、よりよく生きる姿勢を失ってはいけない、ということだと考えられます。

最後の一段落は、二人で語り明かした後の場面です。「尾田にはまだ不安が色濃く残っていたが、やはり生きてみることだ、と強く思いながら、光の縞目を眺め続けた。」という最後の一文からは、死ぬことばかりを考えて、死にきれないでいた尾田にも、光が差す、つまり自らを生まれ変わらせようとする第一歩を示しています。

この作品が普通のノン・フィクションならば、ハンセン（癩）病患者そのものの実態を描いたことに留まります。しかし、不朽の文学作品たりえているとしたら、それを極限的な例示として、この末尾のように、たとえどんな不運・不遇な立場・環境にあっても、その現実を受け止めて生き続けることの大切さ、という普遍化を可能にしているからではないでしょうか。

「私」

谷崎潤一郎

もう何年か前、私が一高の寄宿寮にいた当時の話。

最後

私はここに一つとして不正直なことを書いてはいない。そうして、樋口や中村に対すると同じく、諸君に対しても「私のようなぬすッとの心中にもこれだけデリケートな気持がある」と云うことを、酌(く)んで貰(もら)いたいと思うのである。

だが、諸君もやっぱり私を信じてくれないかもしれない、

けれどももし——甚だ失礼な言い草ではあるが、——諸君のうちに一人でも私と同じ人種がいたら、その人だけはきっと信じてくれるであろう。

盗人はいかに生きるべきか？

谷崎潤一郎はもちろん、日本の近代文学を代表する一人ですが、半世紀を越える執筆活動において、彼ほど、変化に富んだ、数多くの小説を書いた小説家は他にいないと言っても良いでしょう。その中にあって、谷崎初期の、大正時代に書かれた「犯罪小説」と称される作品群があります。谷崎自身としては、そのように分類されることを好まなかったようですが。

「柳湯の事件」「途上」「私」「白昼鬼語」というタイトルの四編の短編小説がそれにあたります。それぞれ何らかの犯罪行為が描かれています。中でも、「私」という作品は、他の三作品が殺人がらみなのに対して、窃盗という、犯罪としてはごく軽いものが取り上げられている点で、異色です。しかも、罪それ自体が問題となるのではなく、それを犯す者の人間性の如何を問うている点でも、異色でしょう。

そもそも、「私」という作品名からして、異色と言えば異色です。テクストの、最後にも最初にも「私」が出てきて、首尾照応した関係にあり、一貫して「私」の語りになっています。ところが、語りの中に引用されている、学生当時の会話の中では「私」ではなく、「僕」（たまに「己（おれ）」）という、異なる一人称が用いられているのです。この、「私」と「僕」との対比には、二つの意味があります。

一つは、地の文と会話文との対比です。地の文では一貫して「私」、会話文では一貫して「僕」

になっています。これは、地の文が語る現在時、会話文が語られる過去時に対応しています。

もう一つは、学生の自分と、社会人となった自分の対比で、前者が「僕」、後者が「私」です。男性一人称としての用法を考えてみると、「僕」は学生という身分にいかにも似つかわしい呼称です。それに対して、一般には改まった呼称である「私」は、今や社会人とはいえ、「本職のぬすっと」である人のイメージとしては、違和が感じられないでしょうか。

じつは、その違和にこそ、この作品の、そして作品名の意図が認められるのです。

盗人の心得

物語は、学生寮での夜中の友人同士の雑談から始まります。そのうち、犯罪の話になり、樋口という学生が「どんなことがあっても泥坊だけはやりそうもないよ。――何しろアレは実に困る。外の人間は友達に持てるが、ぬすッととなるとどうも人種が違うような気がするからナア」と語ります。そこから、寮内で起きている盗難事件の話になります。

じつは、その犯人が「私」であることが最後になって明らかになるのですが、それが事実として発覚するまでは、否定も肯定もしえない、宙ぶらりんのままになっています。それというのも、もし「私」が盗人だとしたらという仮定としてか、または、盗人に関する一般論としてしか、語られないからです。その中で、「私」はいみじくも、次のように考えます。

思うにぬすッとが普通の人種と違う所以は、彼の犯罪行為その物に存するのではなく、犯罪行

為を何とかして隠そうとし、或は自分でもなるべくそれを忘れようとする心の努力、決して人には打ち明けられない不断の憂慮、それが彼を知らず識らず暗黒な気持に導くのであろう。ところで今の私は確かにその暗黒の一部分を持っている。

樋口の言う「人種の違い」に答える形で、その違いは、盗みを働くか否かではなく、気持ちのありようであると、「私」は主張したいのでした。

最後で、友人の一人の、かねがね「私」を疑っていた平田の罠（わな）にわざわざひっかかってやったとうそぶく「私」は、「僕がぬすッとして生れて来たのは事実なんだよ。だから僕はその事実が許す範囲で、できるだけの誠意をもって君らと付き合おうと努めたんだ。」と弁明します。しかし、友人たちは戸惑うばかりでした。その様子を見て、さらに「ぬすッとを友達にしたのは何と云っても君たちの不明なんだ」と忠告するに及びます。

こういうのは、確信犯というのとも、ちょっと異なります。無意識ではなく、犯罪としての自覚はあり、それを「何とかして隠そう」としているからです。また、その盗癖を一種の病気として許容されるべきと考えているわけでもありません。そうでありながら、あるいはだからこそ、「私」という呼称は、そういう自らの生き方への一種の矜持（きょうじ）を示しているようです。

最後の部分は、盗みに限らず、他人に何かをひた隠しにして生き続けなければならない人々に対する切実な呼び掛けのように感じられます。

「無関係な死」

安部公房

最後

いずれにしても、さあ、勇気を出そう。自首をえらぶか、死体との格闘をえらぶか、とにかく勇気が必要なのだ。どちらであろうと、より大きな勇気を必要とするほうが正しい解決にきまっている……

しかし、すでに夜明も近く、何が勇気であるかを決めるにも、彼は少々疲れすぎていたようだ。

最初

客が来ていた。そろえた両足をドアのほうに向けて、うつぶせに横たわっていた。死んでいた。

男の対応を笑えるか？

安部公房『無関係な死・時の崖』には、一九五一年に「壁――S・カルマ氏の犯罪」で芥川賞を受賞してから、一九六〇年代以降「砂の女」「他人の顔」「箱男」など彼の代表作となる長編小説にシフトするまでの間に書かれた短編小説十編が収められています。

安部作品は、戯曲も含めて、現代の不条理な世界を描くところに特色がありますが、その特色はこの短編集にもあてはまります。不条理が設定にも展開にも認められ、通常の短編小説的な結構とは大いに異なっています。それは、作品の冒頭と末尾のあり方に端的に表われています。

この短編集で首尾照応がそれなりに確認されるのは、エピグラフ風の詩句で始まり終わる「夢の兵士」と、ここに取り上げる「無関係の死」の二作品くらいです。その他は、末尾の一段落が長かったり、冒頭から一貫して語りだったりして、終わった感じがしない、あるいは表現としてとくには目立たないものになっています。そういう点も、安部がねらったところかもしれません。

「無関係な死」は冒頭部分にあるように、いきなり自分とは無関係な死体があるという設定から始まります。次の段落に、「Mアパート七号室の住人、Aなにがしは、その臭いにゆすり覚まされたかのように、身ぶるいして、はじめて事の重大さに思い至ったものだ。見知らぬ男が、断りもなしに、自分の部屋で死んでいる。」とあります。まさに、不条理・理不尽な事態です。

推理小説ならば、そこからその犯行なり犯人なりの追及が始まりそうですが、この作品はその方向にまったく進みません。ただひたすら、その死体をどうするかに終始するのです。そして、結局は途方に暮れたまま、結末を迎えます。その意味で、この物語は、時間は過ぎてゆくものの、その困った事態は何も動かず、それゆえに時間が経つほど悪化してゆくことを示しています。

不条理とブラック・ユーモア

普通の人が同じような事態に直面したら、何はさておき、警察に通報するでしょう。えてして第一発見者が犯人ということもありますが、会社で働いていて、帰宅後すぐに発見したのですから、不在証明（アリバイ）などを心配することもないはずです。

ところが、なぜか「Aなにがし」は、通報せず、近くの誰かに救いを求めることもなく、とっさにドアの鍵を閉めてしまいます。そして、こう考えます。「すべてが計画的に仕組まれていたのではあるまいか。ねらわれていたのは、単にこの死体だけではなく、彼自身もこの犯行プランに必要な一とコマとして、最初からすでに組みこまれていたのではないか……」。

思いがけない事態に動揺し、ついあらぬことを考えてしまうというのも、人にはありがちです。そうして、「本能的な自己防衛」によって、「内省は、必然に、席をゆずった」結果、「まるで、自分の尻尾をくわえた蛇のように、解決のない矛盾におちこんで」ゆくことになります。あげくに、そもそも死体がなかったことにするために、同じアパートの他の部屋に移すことにします。そのため、まず死体を調べておこうとして発見した小さな血痕を、まるで証拠を隠滅するように、きれいに洗い落とします。

その血痕が「彼の無罪を証明」するかもしれなかったと気付いたときは、「もはや弁解の余地もない」状態に追い込まれてしまっていました。

そうして、作品の最後となります。

「自首をえらぶか、死体との格闘をえらぶか」とありますが、犯人でもないのに「自首」というのは何か変です。ただ運搬するだけなのに、「死体との格闘」と言うのも大袈裟です。どちらにせよ、すでにそれらは「勇気」云々の問題ではないように思われます。

さて、その後はどうなるのでしょうか。きっと疲れはててグズグズしているうちに、誰かに発見され、逮捕されてしまうにちがいありません。そして、この男が予想したとおり、無関係な死とは認めてもらえず、冤罪（えんざい）をこうむることになる？

それにしても、この男は突発事にはげしく混乱しながらも、必死にあれこれと善後策を考え、極力冷静なつもりで対処しようとしています。にもかかわらず、その甲斐がないどころか、いよいよ窮地に追い込まれるあたりには、痛烈なブラック・ユーモアが感じられます。つかまったとしても、やはり虚しく同じ態度をとり続けそうです。

しかし。

この男のことを、愚かしいと、いったい誰が笑い飛ばせるでしょうか。

麗子は喉元へ刃先をあてた。一つ突いた。浅かった。頭がひどく熱して来て、手がめちゃくちゃに動いた。刃を横に強く引く。口のなかに温かいものが迸（ほとばし）り、目先は吹き上げる血の幻で真っ赤になった。

彼女は力を得て、刃先を強く咽喉（のど）の奥へ刺し通した。

「憂国」

三島由紀夫

昭和十一年二月二十八日、（すなわち二・二六事件突発第三日目）、近衛歩兵一聯隊（れんたい）勤務武山信二中尉は、事件発生以来親友が叛乱軍に加入せることに対し懊悩（おうのう）を重ね、皇軍相撃の事態必至となりたる情勢に痛憤して、四谷区青葉町六の自宅八畳の間に於て、軍刀を以て割腹自殺を遂げ、麗子夫人も亦（また）夫君に殉じて自刃を遂げたり。

物語はどうでもよいのか？

文豪・三島由紀夫の名作「憂国」です。

三島自身、「小説家として、『憂国』一編を書きえたことを以て、満足すべきかもしれない。」と言うくらい思い入れのある作品で、一九六五年に映画化された際には、自ら監督・主演を務めました。自衛隊市ヶ谷駐屯地で、三島が割腹自殺したのは、五年後の一九七〇年のことです。あるいは、小説も映画も、彼にとっては、その実行のための、周到な計画・予行練習だったのかもしれません。

この作品における出来事は、冒頭の長い第一文に尽くされています。二・二六事件の外伝的作品とも呼ばれ、実際に夫婦で自害した隊員がモデルだったとも言われます。

しかし、このような最初の一文は、「憂国」という作品にとって大事なのが、出来事や物語のありようではないことを示しています。長編ならば、あらかじめその概要を知ってから本編を読むということもあるでしょうが、何せ短編なのです。三島としては、「愛と死の光景、エロスと大義との完全な融合と相乗作用」（文庫本筆者「解説」）を描くこと、それのみを目的とした、まさに短編ならではの小説にしようとしたのです。

「短篇小説ばかり書いてゐたときには、文章のなかに凡庸な一行が入りこむことがひどく不愉快でした。」（文章読本）と語り、小説を「言語表現による最終完結性を持つ」もの（小説とは何か）と定義付けていた三島のことです。しかも、自らこの一編を代表作と認めているのですから、タイトルをはじめとして、最初と最後はもとより、文章の至るところに相当の意を凝らしたであろうことが想像されます。

タイトルの「憂国」は、三島の言う「大義」のことであり、ズバリこの作品成立の大前提となるものです。しかし、その内実が問われることは、いっさいありません。ただ、主人公の信二をとおして、次のように語られるだけです。

自分が憂える国は、この家のまわりに大きく雑然とひろがっている。自分はそのために身を捧げるのである。しかし自分が身を滅ぼしてまで諌めようとするその巨大な国は、果してこの死に一顧を与えてくれるかどうかわからない。それでいいのである。

描写の迫真性

バカボンのパパの口癖のように、「それでいいのである。」と言われてしまったら、何のツッコミもできないでしょう。周りからどのように批判されようとも、自己目的・自己陶酔の世界で、何が悪いと開き直っているとも言えます。

この作品を政治的な理由で批判する評論家がいましたが、彼の創作意図は、あくまでも自らの世界を言葉によって完結させて見せることだけにありました。とすれば、作品最初の長い一文で、あらかじめ、作品のあらすじを示してしまっているのも、もちろん計算ずくのことでした。後に残されているのは、「愛と死」というエロスの光景だけということになります。

この作品は、「壱」から「伍」までの五章から成ります。短めの「壱」と「弐」が後日談も含めた前置き相当、そして「参」が武山夫婦の性愛の場面、「肆」が夫・信二の、「伍」が妻・麗子の自刃の場面が中心です。三島にとって、それらの場面をいかに美しく、あるいはいかにリアルに描くかが、腕の見せどころだったはずです。

その場面描写の中で、何と言っても圧巻なのは、夫・信二の割腹シーンでしょう。刀を左脇腹に突き立てるところから、とどめに喉元に刃先を突き刺して果てるまでの描写は、間近で目撃した経験がなければ描けないと思えるほどにグロテスクで、ほとんど猟奇的とも言えます。数ある時代小説の作品の中でも、これほどまでにリアルな割腹描写はないと言ってもいいでしょう。三島のドヤ顔が目に見えるようです。

それに対して、次の最終章における、妻・麗子の自刃シーンを描く最後の一段落は、きわめて対照的です。いささかの感情も交えることなく、短文の連続によって、淡々と記されるだけです。それはもはや、側で見ている立場での描き方ではなく、書き手が麗子自身になりきって、自らの行為を一つ一つ確認してゆくような書きぶりになっています。

激烈なクライマックスの後に一転して訪れる静謐（せいひつ）そのものの、いかにも幕切れにふさわしい表現になっていると言えるでしょう。

3

仕掛けるドラマ

向田邦子「かわうそ」
森見登美彦「走れメロス」
浅田次郎「特別な一日」
乃南アサ「向日葵」
池波正太郎「妙音記」
山本周五郎「墨丸」
藤沢周平「山桜」
平野肇「谷空木」
東野圭吾「宿命」
井上ひさし「四十一番の少年」

最後

写真機のシャッターがおりるように、庭が急に闇になった。

「かわうそ」

向田邦子

最初

指先から煙草が落ちたのは、月曜の夕方だった。

闇になったのは何か？

人気のテレビ脚本家だった向田邦子が、直木賞を受賞した時の対象作品となった三編のうちの一つが、ここで取り上げる「かわうそ」です。驚くべきことに、それらは連作として向田が小説を書いた最初の三編でした。

初の候補だったにもかかわらず、選考委員の山口瞳や水上勉などは、「かわうそ」の完成度を絶賛しました。彼女の唯一の連作短編小説集『思い出トランプ』は、連作が終わる前に出版され、ベストセラーになりました。「かわうそ」はその冒頭に据えられ、向田小説の代表作になっています。『思い出トランプ』に収められた十三編の多くは、夫婦関係を中心とした男女関係を描いています。「かわうそ」もその一つで、宅次と厚子という、子供のいない中年夫婦が登場します。

二人は、老後のために、庭にマンションを建てるか否かでもめていました。宅次は反対で、唯一の楽しみとも言える、自慢の庭がなくなることを嫌がっていました。そんな中、宅次に脳卒中の症状が出始めると、厚子は勝手にその計画を進めるようになり、そして……という話です。

タイトルの「かわうそ」は、妻の厚子のことをたとえたものです。見た目だけではなく、「獺祭（だっさい）」という言葉もあるように、カワウソが食べきれないほどの魚を取って並べるような、残酷なまでにお祭り好きの性格も言い表わしています。凡庸そのものの宅次は、そのような妻を、かねがね扱いかねながらも、自分には過ぎた女房と思い込んでいました。厚子が自分の都合を優先させたことによって、一人娘の星江を失くした時でさえ、宅次は責めることができなかったくらいです。そんな厚子のせいで、宅次は悲喜劇的な事態を迎えることになります。

結末の比喩

最後の一文「写真機のシャッターがおりるように、庭が急に闇になった。」は、これだけを取りだせば、情景描写と受け取れます。テレビ脚本家出身の向田らしく、すぐれて映像的であり、作品を鮮やかに締めくくる切れ味があります。

ところが、そのようには読ませない、次のような直前の文脈があるのです。

宅次は、庖丁を流しに落すように置くと、ぎくしゃくした足どりで、縁側のほうへ歩いていった。首のうしろで地虫がさわいでいる。

「メロンねえ、銀行からのと、マキノからのと、どっちにします」

返事は出来なかった。

この「庖丁を流しに落すように置く」、「ぎくしゃくした足どり」、「首のうしろで地虫がさわいでいる」などの表現は、宅次に何度目かの脳卒中の発作が起きたことを示しています。これに続く最後の一文も、おのずと発作の症状の続きを意味することになるでしょう。

「急に闇にな」ったのは、庭ではなく、宅次のほうでした。つまり、宅次が意識を失ったのです。この時の宅次の発作は、厚子が独断で庭にマンションを建てる計画を進めている事実を、友人から知らされたショックが引き金でした。さすがに腹に据えかねて、庖丁を持ったまではいいものの、厚子に「凄いじゃないの」、「庖丁を持てるようになったのねえ。もう一息だわ」と屈託のない声で言われると、拍子抜けしてしまったのでした。

この後、そのまま宅次が死んでしまうのか、それとも快復するのか、そこまでは何も示さずに、この作品は終わります。これまでの生活を思えば、宅次は死ぬこともできずに、カワウソのような厚子の思うままに、介護される立場になりそうです。

それにしても、最後の一文にある「写真機のシャッターがおりるように」という比喩は秀逸だと思いませんか。それは、結局は潰されてしまうであろう、自慢の庭の映像が鮮やかに宅次の目に焼き付けられた、まさにその最後の一瞬を描いているからに他なりません。

一方、最初の一文「指先から煙草が落ちたのは、月曜の夕方だった。」は、唐突といえば唐突な始まり方です。「指先から煙草が落ち」るとは、誰の指先からであり、それがなぜなのか、まったく分かりません。視聴者を引き付けるテレビドラマ冒頭のアップのシーンとして、いかにもありそうですね。これに続く表現によって、それが宅次の指先からであり、もう少し読み進めれば、脳卒中の「前触れ」であったことが示されるように展開しています。

「かわうそ」という作品は、このように、宅次の脳卒中の前触れで始まり、脳卒中の（おそらくは致命的な）発作で終わるという、見事に首尾照応した構成になっています。設定された時間帯も、宅次の人生の時期そのものの比喩のように、どちらも黄昏時で一致しているのでした。

勇者たちは、今さらひどく赤面した。

「走れメロス」

森見登美彦

芽野史郎は激怒した。

勇者って何？

　中身を読まなくても、その作品名からバレバレのように、森見登美彦の新釈「走れメロス」は、太宰治の作品のパロディーです。パロディーとは本来、原作を面白おかしく真似ることによって、原作に対する諷刺（ふうし）や批判を意図したものですが、森見自身はこの作品をパロディーとは称していません。文庫の著者「あとがき」には、「名の知られた古典的短編の中から、読んでいて何かを書きたくなった作品」であり、「作者自身が書いていて楽しくてしょうがないといった印象の、次へ次へと飛びついていくような文章」に惹きつけられたと記しています。しかし、やはりパロディーとしての意図はちゃんと読み取ることができます。

　最初と最後の一文は、原作とほぼ同じです。冒頭の「メロス」が「芽野」に変わり（「芽野史郎（めのしろう）」という姓名はあきらかに「メロス」のもじりですね）、末尾の「勇者」が「勇者たち」と複数になり、「今さら」が付加されているだけです。これらからは、原作の構成を忠実になぞっていることがうかがえます。ところが、舞台設定はひどく異なります。

　場所は日本の京都。主人公の芽野はぐうたらな大学生、原作の国王に相当するのが「図書館警察長官」と呼ばれる、同じく大学生。そして設定上、もっともアホらしい改変は、処罰が死刑ではなく、学園祭のフィナーレに「美しく青きドナウ」の演奏に合わせ、桃色のブリーフ一丁の姿になって舞台で踊ること、です。これだけでも、まともな人間なら、死に価するほどの屈辱ですね。

身代わりに無二の友人である「芹名（せりな）」を残すことにして解放された芽野が、長官との約束の時間に間に合うかどうかまでの物語の展開の大筋は、原作に基づいていると言えます。そこには、森見が惹かれた「次へ次へと飛びついていくような文章」が再現されていると言えます。

しかし、原作と決定的に違うのは、肝腎の芽野には約束の時間に間に合わせる気がはなからまったくなかったということです。長官に、「俺は約束を守る」と、大真面目に時間の猶予を乞うた理由の、姉の結婚式というのも、じつは大嘘でした。このあたりは、かなりハチャメチャな感じがしますが、じつは、芽野が「詭弁論部」という部活の名物学生であるという設定によって、かろうじて破綻（はたん）を免れています。ともあれ、これでは、約束を守るとか、友情を大切にするとかいう、お題目はまるで無意味になってしまいそうです。

パロディーの所以（ゆえん）

むしろ、それらのお題目の実現を夢見たのは、なぜか長官のほうでした。彼は、逃げようとする芽野に約束を守らせるために、いろいろと画策するのです。それというのも、彼は「こんな風に孤独地獄へ陥ってしまった僕だけれど、この男がちゃんと約束を守ってくれたら、いま一度人を信じることができるようになるかもしれない。」と考えたからでした。

そして、約束の刻限となっても芽野が現れないにもかかわらず、平然と踊る準備をする芹名に、長官はこう問います。

「なぜおまえたちはそんなに相手をあてにしないのだ？　おまえたちを見ていると、相手を信じているとは到底思えない。約束も守らず、助け合う気もない。だとしたら、いったいどこに友情があるんだ？」

「こういう形の友情もあるということだ」

「そんな友情に意味があるのか？」

「それは知ったことではない。あんたの期待するようなつまらない友情を演じるのは願い下げだ」

原作が描こうとしたとされる友情が、「あんたの期待するようなつまらない友情」であると言い切られているところに、作者のパロディーとしての意図がありありと示されています。

最後の場面では、互いに「不可解で、決して一筋縄でいくものではない」友情を確認しあった芹名と芽野に、そういう友情を理解しようとした長官が加わり、三人で踊り狂います。それを見た須磨さんという女性が「いいかげんにしたら、どう？」と言いながら、バスタオルを渡します。須磨さんは、その三人が三人とも憧れて、見事に振られた女性だったのです。

そのうえでの最後の一文「勇者たちは、今さらひどく赤面した。」です。三人が三人とも、頭の上がらない須磨さんに、自分たちの愚かしさや見苦しさを冷静に諭されたのですから、「赤面」せずにはいられなかったのでした。ここでの「勇者たち」という言葉には、原作とはまったく違った意味で、友情であれ何であれ、「勇者」になりたがろうとする愚かしい男性に対する、女性からのシビアな目線が感じられないでしょうか。

最後

彗星の赫きを押しとどめ、薔薇の香りに包まれた
時間が、これから始まる。

「特別な一日」

浅田次郎

この日が必ずくることはわかっていた。
やがてわが身に訪れる既定の未来を、いくら呑気者の俺でも信じていなかったわけではない。避け難い宿命であっても受容できなかった。

特別な一日とは、どんな日か？

浅田次郎は「泣かせの浅田」と称されるほど、当代きってのストーリー・テラーです。とにかく話の作りが巧みで、それはとくに短編小説において遺憾なく発揮されます。ここに取り上げる「特別な一日」はその典型で、物語の結末を予想できる読者はほとんどいないのではないでしょうか。

最初の第一文「この日がくることはわかっていた。」の「この日」とは、何の日なのか。これがまずひっかかりを作ります。その後の展開で、「六十歳」や「お別れ会」という言葉から、それが「俺」の定年退職の日ではないかと思わされます。ただ、それにしては、冒頭部分の「避け難い宿命であっても受容できなかった。」というのは、いささか大袈裟に感じられます。

何かちょっと変だなと思うところは、話が進むにつれ少しずつ出てくるのでした。たとえば、以前、不倫関係にあった、元部下の雅子が別れの挨拶に来た時、「きょうは私と一緒にいて下さい。お願いします。」と必死に頼み込むのですが、「俺」は「無理な相談だよ。気持ちはありがたいが」とあっさり断ってしまいます。この、何の未練もなさそうなところが、気になります。

その後に、「俺」は社長の若月に挨拶に行きます。社長とは、中学から会社まで一緒という、ほぼ半世紀の付き合いでした。二人だけになれば、お互いタメ口にもなりますが、退職するからと言って、ビールの空き缶をぶつけるとなると、普通ではありません。

帰りがけに一人立ち寄った、通い慣れた立ち飲み屋では、コップ酒を口にしながら、「きょうを特別の日にしてはならない」と自戒します。退職の日にあたって、そういう誓いを立てる人も、あるいはいるかもしれません。それにしても、こだわりすぎではないかと思えます。

長年勤めた会社を退職するのは、人生の一つの大きな節目ですから、それなりの感慨に浸るのも、分からなくはありません。ただ、そういう、やや過敏なタイプの人もいるということでは済まされないような、どこか異様な感じがつきまとうのも事実です。

それというのも、「俺」の周りの人々が、あまりにもいつもどおりだからです。会社の人々も、立ち飲み屋のおやじも、退職する人への配慮として予想できるくらいの対応しかしていません。家でも、家族は「おかえりなさい」「ごくろうさまでした」と、ごくごく普通です。まして、自らと関わりのない人たちは、「俺」の見るかぎりでは、いつもとまったく同じ行動をしているようにしか見えません。

想定の範囲外の結末

そうして最終節です。ラジオから、敗戦時でもないのに、「まもなく午前零時から、天皇陛下の玉音を拝します」というアナウンスがあり、続いて総理大臣のメッセージが流れます。それがなんと、超巨大高速彗星「ＭＨＣ」がまもなく地球に衝突する、というのです！

いかにも唐突で、これまでの現実世界からＳＦ世界に急変し、おおいに面食らってしまいます。そのメッセージの中で、タイトルでもあり、作品中でも繰り返されてきた「特別の日」という言葉が、「俺」だけのものではなかったことが分かります。

彗星衝突が予測されたのが三年前。以来、その日を「特別の日」にしないために、人類は「理想の社会」をめざし、実現することができたのでした。その何よりの証しが、その日、社会に大きな動揺がまったくなかった、つまり「特別の日」にしなかったということです。そのことを、「俺」は、「運命を凝視し続けた三年の間に、人類は飛躍的な進化をとげた」結果と考えます。

その後、夫婦で静かに語り合う中で、「きょう一日、どんなことを考えてたの」という妻の質問に、「朝起きたときな、自分で自分に魔法をかけた。俺はきょうで定年を迎える、って」と答えます。

実際の退職はまだ先だったのです。つまり、人類全体にとっての「特別な日」を、個人的なそれに置き換えることによって、一人で対処できるくらいの問題にすり換えたということです。そうしなかったら、「俺」は途方に暮れて、普段どおりに一日を過ごすことができなかったかもしれません。

いよいよ最後の一文。地球の、人類の滅亡の一瞬をただ待つだけの時間がどういうものか、想像もできません。この一文は、読者に「その時、あなたならどうする?」と問い掛けているようです。

そう言えば、二〇一一年の東日本大地震による原発の致命的な事故の後で、東京電力関係者がよく口にした「想定の範囲外」という言葉が思い返されます。

「特別な一日」という作品の、へたをすれば物語を台無しにしかねないほどの、この意外な結末は、けっして単に奇をてらったものではないでしょう。問い掛けずにはいられなかった、現代社会に対する浅田の、逆説的な強いメッセージが感じられます。

最後

「たとえば死体の始末だって、手伝えると思うわ。
まず、この匂いを何とかするところから」

「向日葵(ひまわり)」

乃南アサ

降り続いていた雨が漸(ようや)く上がったらしかった。テーブルの下や流しの陰にはまだ雨の匂いが残っていたが、小さな窓からは暗い台所に筋を描いて斜めに陽が射し込み始めていた。

狂気は彼か私か？

乃南アサは、おもに推理小説の分野で旺盛な執筆活動を続けている女性作家の一人です。『すずの爪あと』という作品集は、「乃南アサ短編傑作選」という副題があり、二〇〇〇年前後に発表された十一編を収めた、彼女の三冊目の短編アンソロジーになります。その通しテーマが「狂気の男たち」で、帯文には「彼氏、夫、父、息子　狂気は誰でも訪れる」とあります。ここに取り上げる「向日葵」という作品に登場する「狂気の男」は、彼氏です。

物語は、「彼」という三人称視点と、「私」という一人称視点が交互に表われて進行していきます。最初に登場するのは「彼」のほうですが、冒頭部分の情景描写を読むかぎりでは、まだ誰の視点からか、特定できません。ただ、「まだ雨の匂いが残っていた」という描写からは、正常な嗅覚を持った人物が捉えた情景であることがうかがえます。

その直後に「彼」が出てきます。ただし、ようやく立ち歩きができるくらいの、まだ言葉も話せない幼児としてです。洗濯物を干すために二階に上がった母親を追って階段をよじ上りきったとたんに、体のバランスを失って転げ落ちてしまいます。そこで、「頭のなかに焦げ臭い匂いが満ち、それきり何も分からなくなってしまった」のでした。

その後に発覚した異変は、嗅覚・味覚を完全に失ったことでした。以来、「彼は不安と恐怖にさいなまれ、苛立ち、暴れ、そして世の中のすべてから切り離された孤独の世界の子ども」になってしまいました。それでも、それを知っているのは母親だけで、他人には気付かれることもなく成長して、会社勤めをしていました。

次に、「＊」の符号で仕切られて、「私」の視点に切り替わります。「私」のほうはもう大人として登場し、ＯＬをしています。

「私」は自分の体臭をひどく気にしていました。「汗と一緒に出る私自身の匂いを、私以外の人は皆不快に思っているらしい」と思っているのですが、直接、誰かから指摘されたことはなさそうです。それでも、他人とりわけ若い男性に近づくことを極力避けるようになり、自分の匂いは「私を一人の世界に閉じ込める」ものになっていました。

真相と決心

初めてのデートの時、「私」が酔った勢いで、「私の匂いが、気にならないの」と「彼」に問いただしてみると、意外なことに、彼は「この匂いが好きなんだ」と答えたのです。そして、その翌日、ホテルで一夜を共にした時には、「私の獣の匂いが彼の本能を刺激している」ことに幸福を感じ、「他のすべての人が嫌がる匂いに埋まりながら私を求めてくれる彼に哀れなものさえ感じる」のでした。

かたや感覚が失われ、かたや感覚が過敏という理由で、孤独を余儀なくされてきた二人がようやく出会った相手ですから、お互いに手放したくないと思うのも、当然でしょう。しかし「私」のほうはともかく、「彼」のほうにはその理由以外にも隠していることがありました。それがバレてしまえば、終わりのはずでした。

最後の場面は、「彼」の部屋です。たくさんの食材とヒマワリの花束を買って、「私」が訪れます。そこで、「私」は気付いてしまったのです。「彼」には、嗅覚も味覚もないことを。

きっかけはヒマワリでした。「彼」は顔を近づけ、「いい匂いだ」と言います。ヒマワリの花は見た目こそ鮮やかですが、いい匂いがするものではありません。最初は「彼にしては珍しい冗談」と思っていたのですが、会話の途中で、ついに真相に気付き、それを「彼」に告げてしまいます。

「彼」は、「これでもう知っている奴はいなくなったと思ったのに」、「これで何もかもがうまくいくと思ったのに！」と口走ります。それが意味することを、「私」は了解したのでした。そのうえでの「私」の決断は、こうでした。


私は決心したのだ。彼と初めて肌を合わせた時に、決して彼からは離れないと。彼に嗅覚がないのなら、私の身体から出る、この獣の匂いも絶対に不快になることはない。絶対に。


はじめに、この作品の「狂気の男」は彼氏であると記しました。感覚を失ったこと自体が狂気というわけではありません。ただ、それが結果的に招いた行動が狂気を帯びたものになるのは、ありうることでしょう。いっぽう、「私」のほうはどうでしょうか。自分の匂いを気にする女性は結構いますが、それが高じて「狂気」に及ぶことはめったにないように思われます。

しかし、弱々しさを見せるばかりとなった「彼」に向かって、つとめて冷静に語りかける最後の一文からは、むしろ「私」のほうの底冷えするような狂気が伝わってきませんか。

最後

おちいは涙ぐんで「あんなお侍、大嫌い。あんなお侍にお嬢さんをやるのは厭!!」と拗ねていた。

「妙音記」

池波正太郎

最初

女武芸者の佐々木留伊が、夜の町に出没して〔辻投げ〕を行うのも、つまるところは、男を漁り男を得、子を生み、妻となり母となりたいがためのことなのである。

妙音とは何の音か？

「鬼平犯科帳」「剣客商売」「仕掛人・藤枝梅安」などの時代物シリーズで、テレビドラマでも一世を風靡（ふうび）したのが、言わずと知れた、池波正太郎です。

一九六〇年代に書かれた、八編の短編時代小説を収めた『剣客群像』という作品集の中で、「妙音記」は、「寛政女武道」とともに、女性の武芸者を主人公とした作品です。同じ女性ではありながら、「寛政女武道」のほうのお久は、いかにも武家の出らしいたしなみを弁（わきま）えた女性なのに対して、「妙音記」の佐々木留伊は、あきらかに破天荒です。

それは、冒頭部分からも知れます。いくら武芸者とはいえ、若い女の身で、「夜の町に出没して〔辻投げ〕を行う」のですから、尋常ではありません。しかも、その理由が「男を漁り男を得、子を生み、妻となり母となりたいがため」というのですから。

事の起こりは、ある藩で武芸指南役を務めていた、留伊の父親が亡くなったことにありました。一人娘のため、婿養子をとらなければ、家が断絶するという事態になったのです。しかし、留伊は、父親の遺言の、「今どきの脆弱な若者どもを養子にする位なら、この家、潰（つぶ）しても惜しくはない」を守り、自分を打ち負かす男でなければ、婿にはできないと心に決めていました。

ところが、父親の厳しい訓練に耐えた留伊は武芸全般にわたって異常に強く、周りから勧められた、どの婿候補も簡単に打ち負かしてしまいました。思い余った留伊は、自分より強い男を求めて、夜な夜な町に出ては、喧嘩をふっかける始末になったのです。そのいっぽうで、二十歳を過ぎ、女として成熟する体と心を持て余すようにもなっていました。

町に良からぬ噂が立つようになり、公儀に知られては一大事と、ついに見かねた藩主が、最後の婿候補として指名したのが、「家中でも武骨者で通っている小杉重左衛門の次男九十郎」でした。最後となったのは、それなりに剣は遣うものの、「ずんぐりとした短軀、あぐらをかいた鼻、味噌汁のような肌の色――おまけに薄い痘痕（あばた）まで」あって、藩主も当初は「あれはいかん。あまりにも留伊との釣合いがとれなさすぎる」と制するほどのブ男だったからです。

まさかの変事

九十郎とも一戦を交えることになりました。木刀での勝負で、木刀を弾き飛ばされた九十郎は組み手に持ち込みますが、留伊に押さえ込まれてしまいます。その体勢のまま「このまま死んでもよし!!」と諦め、九十郎が全身の力を抜くと、留伊もそこまでと思い、手を離して緊張を緩めました。

「変事が勃発したのは、このときであった」。留伊が放屁してしまったのです。

その音を男性に聞かれた恥辱に耐えられず、留伊はすぐさま部屋に戻り、自裁しようとします。すんでのところで九十郎が押しとどめ、その勢いで留伊を抱き倒して愛撫を始めてしまいます。抵抗する気力を失っている留伊に「あの音、拙者にとっては――妙音と聞え申した」、「夫となる拙者のみが知る妙音……よ、よろしいか、よろしいか……」と囁（ささや）きながら、事に及ぶのでした。

作品名の「妙音記」の「妙音」は、九十郎の、この囁きに由来します。留伊の放屁音を耳にした時、九十郎はすかさず「留伊どの。今のは、拙者ではござらん。」とダメ出しをしています。せめてもの腹いせに言い放ったにすぎないかもしれませんが、もし九十郎が、その言葉の効果、その後の成り行きを想定していたとすれば、たいした知恵者です。武芸者としての留伊ではなく、年頃の女性としての留伊の弱みを握ってしまったのですから。

その後の九十郎の言動も、モテなかった男とはとても思えないほどにスムーズです。この時を逃せば、もうチャンスはないと必死だったこともあるでしょう。武家の娘ですから、いったん身を許してしまえば、一緒になるしかありません。

作品末尾に登場するおちいは、留伊の老僕・甚七の孫娘で、二人で留伊の家の面倒を見ていました。彼らは間近で、留伊の気性も煩悶も見知っていましたから、それらすべてを受け入れてくれるような相手の出現をひたすら待ち望んでいたことでしょう。

それが、よりによって九十郎なのでした。これまでにはない事の成り行きに、甚七とおちいの二人は息を殺して案じるばかりです。

最後の一文で、まだ十五歳のおちいが涙ぐんで口にした「あんなお侍」の「あんな」は、九十郎がブ男のくせに、大切な留伊を我が物にしようとしたことを指していると考えられます。

この、おちいの嘆きを最後の一文に持って来たのは、いずれ留伊と九十郎という不釣り合いな仲が世に知れた時の、周りの芳しからぬ反応を先取りして示すためでしょう。

「墨丸」

山本周五郎

お石が鈴木家へひきとられたのは正保三年の霜月のことであった。

江戸から父の手紙を持って、二人の家士が伴って来た、平之丞は十一歳だったが、初めて見たときはずいぶん色の黒いみっともない子だなと思った。

最後

平之丞は胸ぐるしそうなこえでこう云った。

「ずいぶん遠い日のことだ」

縁側の障子も窓のほうも、すでに蒼茫と黄昏の色が濃くなって、庭の老松にはしきりに風がわたっていた。

出会いとは何か？

山本周五郎の『日本婦道記』という一連の短編時代小説は、昭和十六年から昭和二一年まで、おもに『婦人倶楽部』という雑誌に掲載されたものです。単行本化された際には、そのうちの十編が選ばれましたが、現在の文庫にはそのすべての三一編が収められています。

これらが発表された頃というのは、まさに戦時期です。そういう時に発表されたものですから、当時の国家主義的な背景が色濃く反映していると見られるのも、無理ないでしょう。なにせ「婦道」です。男の「武士道」と並び立つ、女向けのスローガンのように見えますね。

文庫巻末の服部康喜「解説　ふたりの「語り手」」によれば、山本の執筆意図は「日本の女性のもっとも美しくたっといことは、その良人さえも気づかないところにあらわれている、ということを書いた」とのことです。こういう考え方は、現代日本ではもはや通用しないかもしれませんが、いっぽうで戦時期だったからと限定的に捉えるべきでもないでしょう。昭和十八年に、この一連の作品に対して与えられた直木賞を辞退したのも、時勢におもねったものではないことを示そうとしたからのように思われます。

作品冒頭の段落からは、「お石」と「平之丞」という二人の男女の物語であることが予想されます。お石に対する平之丞の第一印象が「ずいぶん色の黒いみっともない子」とあり、それに因み、平之丞は、作品名ともなった「墨丸」という心ないあだ名を、彼女に付けることになります。

ただ、そのような、当初のひどい評価からは逆に、その子が長じて、「みにくいアヒルの子」のように、やがて美しく変身するのではないかという、物語的な推測もできそうです。実際、そのとおりに、この作品も展開し、のみならず、並外れた才能と、まさに「婦道」にふさわしい気構えと生き方を見せることになるのです。

しかし、それは普通の幸せを招くという結末と結び付いていたわけではありませんでした。

男の幸せ

お石は両親を失ったために、父親同士が古い友だちという縁で、平之丞の家に引き取られることになったのでした。五歳の時のことで、それから十二年後、十七歳になった時、突然、「わたくし琴で身を立てたいと存じます、生涯どこへも嫁にはまいらないつもりでございますから」と宣言して、やがて出て行ってしまいます。

そのきっかけとなったのが、平之丞との縁談でした。平之丞は、いつしかお石を結婚相手と考えるようになり、両親の承諾も得ていたのでした。しかし、平之丞の母親から、その話を切りだされたとたんに、お石は不人情とも思えるほどにあっさりと、身を引いてしまったのです。

お石が去った後、平之丞は友人の妹と結婚しますが、その妻は三人目の子を宿した時に死んでしまいます。以後は何度か持ち込まれた再婚話を断って、五十を迎えるまでになりました。

そんなある日、今や国老となった平之丞が出張帰りの途中、なぜか心惹かれて、休憩しようと立ち寄った、ひなびた一軒の家がありました。じつは、そこにお石が住んでいたのです。このあたり、物語としては都合が良すぎる感じがしなくもありません。ただ、読み手に、どこかで二人の再会を待ち望む気持ちがあれば、むしろホッとするのではないでしょうか。

別れてからもう三十年近く経っていました。平之丞はようやくお石から、事の真相と自分に対する思いを聞くことができたのです。

お石は、藩主の怒りを買って切腹した、反逆者の父親を持つ身の上であることを知って、「平之丞さまをお好き申してはいけないのだと、幼ないあたまで自分を繰返し戒めました」。そして、平之丞との縁談を断った際の、「生涯どこへも嫁にはまいらないつもりでございますから」という、言わずもがなの唐突な言葉を添えたのも、生涯の愛を誓ったものに他なりません。

平之丞は思います、「ひたむきな愛情が生きのいのちであった頃、どのようなおもいで自分の幸福を諦めたことだろう。――自分では気づかないが、男はつねにこういう女性の心に支えられているのだ」。

いかにも周五郎節という感じですが、もしこの思いに、そういう出会いの経験を持つ男性が納得できるとしたら、それだけでその男性の人生は幸せだったのではないかと思われます。

作品最後は、お石の勧めで一泊することになった後の場面です。

最後に描かれた庭の静かな、物寂しい情景は、「ずいぶん遠い日のことだ」という平之丞の苦い述懐とあいまって、二人の出会いそのもののような、しみじみとした趣が感じられます。

とり返しのつかない回り道をしたことが、はっきりとわかっていた。ここが私の来る家だったのだ。この家が、そうだったのだ。なぜもっと早く気づかなかったのだろう。
野江さん、どうぞこちらへ、と奥で弥一郎の母が言っていた。
「あのことがあってから、たずねて来るひとが一人もいなくなりました。さびしゅうございました。

ひとがたずねて来たのは、野江さん、あなたがはじめてですよ」

「山桜」

藤沢周平

花ぐもりというのだろう。薄い雲の上にぼんやりと日が透けて見えながら、空は一面にくもっていた。ただ空気はあたたかい。もうこの間のように、つめたい北風が吹くことはないだろう、と野江は思った。
墓参りをすませて寺の門を出たとき、野江はふと、左手に見える野道を歩いて帰ろうかと思った。細い野道は、曲りくねって丘の下を通り、その先は丘の陰に消えている。はじめての道だが、歩いて行けばいずれ町はずれに出るだろうと思った。

幸せとは何なのか？

亡くなった後も根強い人気を誇る、時代小説作家の藤沢周平は、短編小説の類いまれな名手です。藤沢は数多くの短編を残していますが、駄作が一つもないと言われるほどです。藤沢の短編には、武家物と市井物の二種類があり、ここで取り上げる「山桜」は武家物に属します。ただし、中心人物が女性であるという点で異色な作品です。

野江という女性は、結婚運に恵まれず、五年の間に、一度めは死別、二度めは折り合いが悪く、やがて別れることになります。二度めの離婚も近い、ある日のこと、野江はかつて再婚相手の候補の一人だった手塚弥一郎にたまたま出会い、心をときめかすのですが、手塚は悪辣（あくらつ）な組頭を斬り殺して投獄されてしまい、藩主の帰国を待って裁断されるという状態になっています。

この作品の最後と最初の部分、他の作品とは違って、長めに引いてあります。それは、一文の表現としてよりも、それぞれの場面描写がきわめて印象的だからです。

最後の部分は、再婚先から離縁されて実家に戻っていた野江が、弥一郎の母を訪ねた場面です。初対面にもかかわらず、暖かく迎え入れられた野江は、「とり返しのつかない回り道をしたことが、はっきりとわかっていた。ここが私の来る家だったのだ。この家が、そうだったのだ。」と確信し、涙にくれます。ここに初めて出てくる「回り道」という言葉が、この作品全体のキーワードになっています。

作品は、野江が、婚家から一日の暇をもらい、若くして独り身で亡くなった叔母の墓参りをした帰りという場面で始まります。いつもならまっすぐ帰るところ、気まぐれで「回り道」をしようと思ったのです。それが弥一郎と出会うきっかけとなりました。ここに、「野道」という、道に関する言葉が使われています。

道の描写は、それだけで終わるわけではありません。物語の展開の途中でも、再嫁先での不遇を思うにつけ、「野江は自分が長い間、間違った道を歩いてきたような気がしていた。だがむろん、引き返すには遅すぎる。」や、「もっとべつの道があったのに、こうして戻ることの出来ない道を歩いている。自分をあわれむ気持が、野江の胸にあふれて来た。」などのように、自らの人生を「道」によってたとえています。

道の先

「間違った道」、「戻ることの出来ない道」を、自らが選んでしまったのならば、たとえ不幸であろうとも、その道つまり人生を歩み続けるしかない。これが野江の諦めでもあり、覚悟でもありました。江戸時代の設定ですから、現代よりもはるかに、女性の生き方は限られていました。そういう意味では、野江だけが特別に不幸というわけではなかったでしょう。

弥一郎と出会って一年後、野江は叔母の墓参りの後、前年と同じ野道を通って、山桜の一枝を手に入れ、弥一郎の母に届けることを思い立ちます。それは、一人息子が投獄された母を慰めるため、あるいは、弥一郎への自分の思いを伝えておきたいためだったのかもしれません。

そうして最後の場面です。

野江の突然の確信は、自分の歩んで来た道が、けっして「間違った道」でも「戻ることの出来ない道」でもなく、ただ「回り道」だったというところにあります。

「回り道」ならば、目指すところに辿（たど）り着くのが遅くなったにすぎません。そのことにはっきりと気付いたのです。それは同時に、ただ流されるままだった、かつての諦めや覚悟が大きな誤りだったと気付くことでもありました。

これだけでも、十分に感動的ですが、この最後の真に心憎いところは、現実的なハッピー・エンドにはしていないという点です。

弥一郎が無事に釈放されること、そのうえで野江と結ばれることを保証するものは、何一つとして示されていません。読者としては、そのような想像や願望をつい抱きたくなります。しかし、おそらくそうはならないような、あるいはそうなってはならないような気もしてきます。

藤沢はデビュー当時から、私生活での不幸を反映するかのように、作風が暗いと評されていました。この作品にもそのような傾向が見られなくもありません。

しかし、単純なハッピー・エンドではないにもかかわらず、いや、それだからこそ、この場面、この一瞬の、野江の心底の幸福感・充足感が、人の心を揺すぶるのではないのでしょうか。

最後

浅戸岳の峰の上に、皓々（こうこう）と満月が昇っていた。

「よし、明日は晴れるぞ」

戸部が優介の肩を叩いた。

「谷空木（たにうつぎ）」

平野肇

「ねえ、まだ歩くの？」

優介の三度目の声だったが、戸部は足を止めなかった。

釣りがもたらすものは何か？

会話文に始まって会話文に終わるというのは、作品の最初と最後の関係としては、よくあるパターンの一つです。会話によって、読み手をいきなり物語の場面に引き込み、最後にまた、同様の会話場面に戻ることによって、作品に完結感をもたらします。

ここで取り上げる、平野肇の「谷空木」という短編推理小説も、そのパターンをふまえています。冒頭の「ねえ、まだ歩くの？」という、戸部に対する優介の不安げな質問は、どこを、どのくらい、何のために歩くのか、興味をかきたてます。また、末尾の「よし、明日は晴れるぞ」という戸部の言葉からは、冒頭の不安げだった優介を戸部が励ますという対応関係を読み取ることができます。

この作品が収められた『殺意の海　釣りミステリー傑作選』はアンソロジーで、他に、太田蘭三、西村京太郎、西村寿行、久生十蘭、松本清張、森村誠一という、錚々（そうそう）たる推理小説作家の作品が並んでいます。もともと「釣りミステリー」というジャンルやその専門作家があるわけではなく、釣りにまつわる内容を含む短編作品が選ばれたようです。

平野肇は、「ネイチャーミステリー」と呼ばれる、魚を中心に、自然の生き物を題材とした作品を発表していて、「谷空木」という作品では、岩魚（いわな）の渓流釣りに行くという設定になっています。

タニウツギは、日本の山野に自生する花樹です。火を連想させる、鮮やかな色の花が群がり咲く様から、地方によっては、「死人花」とか「葬式花」とか、縁起の良くない別名があります。この作品でも、推理小説らしい事件が起きるのですが、タニウツギの花びらが犯行の決定的な証拠となるあたり、その別名のイメージが関連しているかもしれません。

主人公の戸部は、理髪師という本業のかたわら、渓流釣りの趣味に熱をあげ、不登校児をそれに連れて行くというボランティアも買って出ています。優介という少年も不登校児であることが、物語の進むなかで、明らかにされます。そして、優介は自然に触れるだけでなく、事件との関わりをとおして、成長することになります。

体裁と内容

事件は、宿で知り合った中年夫婦の夫が、渓流釣りのさなかに、何者かによって重傷を負わされるというものでした。その犯人探しの推理をもっぱら担うのが、探偵でもない戸部です。それが可能なのは、他ならぬ釣り師には必須という推理力のおかげということのようです。

推理小説は犯人探しを中心とするのが普通ですが、近年はそれだけでは済まないようで、それと並行して、他にいくつかの副次的な要素が盛り込まれます。「谷空木」という作品においても、少なくとも三点が指摘できます。

一つは、言うまでもなく、釣りです。釣りそのものが事件に関わるわけではなく、釣りをする場所が、犯行現場として設定されているだけです。それでも、渓流釣りに関わる蘊蓄(うんちく)は随所に示されていて、その道具や装備が犯人探しを少し複雑にさせる働きをしています。

二つめは、主たる登場人物の設定です。普通の親子でもよさそうなのに、戸部と優介をわざわざ不登校児とその面倒を見る他人という関係にしたところに、現代日本の社会的な問題を取り入れようとした意図が読み取れます。優介が不登校になった理由は示されませんが、親の離婚がきっかけだったことはうかがえます。そして、優介は、一緒に暮らす母親が喫煙・飲酒することをひどく嫌っていました。それが、間接的に犯人探しに役立つことになります。

三つめは、事件の当事者となる中年夫婦のありようです。夫は大学教授で、妻は専業主婦であり、子供はいません。妻は国立公園のレンジャーの仕事に就くことを望んでいますが、夫は世間体を気にして、外で働くことを許しません。わずかに、自分が渓流釣りをする際に、別行動で山登りすることを認めるくらいです。

それに耐えきれず、妻が自由を求めて離婚を切りだすというのも、今ならごく普通にありえることです。それを夫に拒絶され続けた場合、妻はどうするかというのが、この作品における犯行の大きな要因になっています。

物語としては、その最初と最後が作る枠組みが示すように、戸部と優介の渓流釣りが中心であって、たまたまその際に事件にでくわし、その解決に協力したという体裁になっています。しかし、内容としては、推理小説という体裁をとりつつも、現代社会の問題を取り上げた作品と見ることもできます。

そして、最後の一文の戸部の、明日に期待を懸ける言葉は、中年夫婦の夫が息を吹き返したことや、優介が少し大人になったことなど、明るいエンディングを演出していると言えるでしょう。

「宿命」

東野圭吾

勇作が小学校に上がる前年の秋、レンガ病院のサナエが死んだ。

最後

少し歩いてから勇作は立ち止まった。そして振り返る。

「最後にもう一つ訊いていいかな」

「何だい」

「先に生まれたのはどっちだ？」


すると暗闇の中で晃彦は小さく笑い、「君の方だ」と、少しおどけた声を送ってきた。

何が宿命だったのか？

文庫本解説の紹介によれば、著者本人が「今回ぼくが一番気に入っている意外性であるラストの一行、そこへいかにもっていくかで綿密な計算を立て、混乱しないように登場人物一人一人の過去を書き込んだ年表を作りました。」と語っています。つまり、東野圭吾の「宿命」という長編推理小説は、ラストの一行が執筆する前から決まっていたのです。

ラストの一行とは、「君の方だ」と、少しおどけた声を送ってきた。」ですが、とくに印象に残る表現とは言えません。とすれば、やはり小説全体の、ある程度の構想があったからでしょう。

ただ、正直に言って、物語全体を通してみても、このラストの一行がもっとも意外性があるようには受け取れません。むしろ得心できるという感じです。主要な登場人物である勇作と晃彦の二人が赤の他人ではなく、二卵性双生児であったという、衝撃的な事実がすでに明らかにされてしまっている以上は、どちらが先に生まれたかということなど、重大な問題にはならないと思うからです。にもかかわらず、著者自身がなぜ、このラストの一行が一番気に入っていたのか、ということになります。そこには、なぜ「宿命」という作品名にしたかも関わってくるでしょう。

勇作と晃彦という二人が出会ったのは、最初の一文に「勇作が小学校に上がる前年の秋、レンガ病院のサナエが死んだ。」とありますが、小学校入学前、そのレンガ病院と呼ばれた病院の敷地内でした。「サナエ」という女性は、じつは二人の産みの親でした。

小学校から高校まで、二人はライバル関係にありました。ともに成績優秀でスポーツ万能という、絵に描いたような優等生として設定されています。異なるのは、生活環境もさることながら、勇作はリーダーシップがあり、周りから慕われていたのに対して、晃彦は周りと打ち解けようとせず、孤高を保っていたという点です。

二人は大学進学に際して、道が大きく分かれます。ともに医大を目指していましたが、晃彦は難なく合格したのに、勇作は養父が病気になってしまい断念します。その後、晃彦は大学に勤める脳医学の研究者、勇作は生活のために父の後を継いで警察官になります。そのような職業上の関係から、ある事件をきっかけに再会します。

宿命としての兄弟

その事件とは、この作品の中で起きるたった一件の殺人です。大会社の社長を務めていた、晃彦の養父が亡くなった後、後釜に座ったライバルが殺されたのです。犯人と事件の背景を明らかにしようと、刑事となっていた勇作が動きます。その中で、事件に関係する人々が過去のある一つの出来事のせいで、それぞれつらい「宿命」を背負って生きざるをえなかったことが明らかにされていきます。

勇作と晃彦がサナエから生まれた二卵性双生児であったということも、その一つです。長年にわたる双方の強いライバル意識にも、単に虫が好かないというのではなく、近親憎悪に近い感情だったという根拠が与えられます。男のみの双生児が生まれる確率がきわめて低いことも含め、ここに至るまでの布石の一つ一つを思い返してみれば、素直に意外感を抱くことができるかどうかは、読み手によって分かれるかもしれません。

そのうえで、ラストの一行「先に生まれたのはどっちだ?」が来ます。この問いもまた、二人が背負った、兄弟という「宿命」のありようを確認するためということになるでしょう。兄か弟かという、家族内の立場の違いは、一緒に暮らしていれば、人格形成に大きな影響を与えるものですから、それも自身の意思ではどうこうできないという意味で、「宿命」と言えます。

最後の一文「すると暗闇の中で晃彦は小さく笑い、「君の方だ」と、少しおどけた声を送ってきた。」からは、一般通念的には勇作が弟、戸籍法上は兄ということで、扱いが異なります。しかし、二人の人物造形のありよう、つまりリーダータイプと個性派タイプという違いから考えれば、勇作が兄、晃彦が弟、ととるのが自然でしょう。

晃彦が淡々とではなく、「小さく笑い」、「少しおどけた声」で答えたのは、秘密を抱えて苦しんできた弟の中に、本当は兄に甘えたかったのに、という思いがあったからかもしれません。

東野が「一番気に入っている意外性であるラストの一行」と語るのは、あるいはそこに、著者本人の、実際の兄弟関係に対する、何らかの「宿命」的な気持ちが反映していたからではないかと想像されます。

「四十一番の少年」

井上ひさし

最初

長い、といってもその坂道は百米（メートル）あるかなしだった。ひと息に登ればいいのに、利雄は途中で何度も立ち止まり、そのたびに汗ですっかり柔かくなったハンカチを引っ張り出し、坂の上を見あげながら顎の下を拭いた。

最後

……風が吹いて、壁の木札が揺れ動いた。古びた木札の触れ合う音が、利雄にはかつて仲間だった孤児たちのざわめきのように聞えた。

その中には笑い声もあったが、十五番の木札からはなんの声も聞えてはこなかった。

なぜ、なんの声も聞えてはこなかったのか？

「四十一番の少年」は、「汚点（しみ）」「あくる朝の蟬」の二作とともに、井上ひさしが自らの少年期を描いた、自伝三部作と称される作品の一つです。物語は、主人公の橋本利雄が、中学生の頃に世話になったキリスト教系の孤児院を再訪するところから始まります。

タイトルにある「四十一番」とは、その孤児院で利雄に与えられた、洗濯物を区別するための番号です。受け入れ順に番号が振られ、数の少ないほうが年齢に関係なく、先輩として振る舞っていました。その中の十五番、つまり利雄より十六番も先輩だったのが、松尾昌吉という、利雄を震え上がらせた少年でした。

この作品には、ミステリーの要素も含まれているので、詳しい説明は避けますが、物語としては、その昌吉の行動を中心に展開し、やがて悲劇を迎えることになります。

利雄は、孤児院で同室になった昌吉に、最初から暴力によって絶対服従を強制されます。その中でもっとも深刻な強制だったのが、昌吉の金儲けの片棒を担がされたことでした。昌吉は自分の描いた将来の夢を実現するために、お金を必要としていましたが、孤児院にいるくらいですから、通常の方法ではとても無理です。そこで考え付いた手段が、身代金目的の誘拐でした。

昌吉がその親をだまして連れてきた男の子を、利雄は数日、孤児院を離れて、預かるハメになりました。当初は何とかなったものの、男の子が熱を出すというアクシデントにより、計画途中で孤児院に連れて帰らざるをえなくなります。そしてその夜、男の子は死に、昌吉は逮捕されました。

その後、利雄がどうしたのか、どうなったかは、いっさい書かれていません。孤児院の神父の話により、昌吉が七年前に死刑になっていたことを初めて知ることになります。おそらく利雄は、事件後まもなく、孤児院からもその街からも逃げるように立ち去ったと想像されます。

いじめてばかりいた先輩がいなくなれば、ホッとするところです。ところが、その後も利雄を怯えさせる、昌吉の呪縛があったのです。「おまえも共犯なんだからな」という言葉です。利雄はいつ自分も逮捕されるかという恐怖を抱いていたと思われます。

そして、二十数年後、利雄が孤児院を訪ねたのは、ほんの気まぐれで、しばし他愛のない感傷に浸れればよいと思っただけ、とその動機が書かれています。しかし、その心の深層のどこかには、その後の成り行きを知りたいという願望が潜んでいました。まがりなりにもそれなりの職を得て生活できるようになった今だからこそ、忘れたくても忘れられなかったことに、決着を付けたいという思いがあったはずです。すでに時効が成立していると意識していたかどうかはともかくとして。

終わりの暗示

冒頭第一段落において、「途中で何度も立ち止ま」ってしまったのも、その場に及んでもなお事実を知ることに対するためらいと不安があったからです。流れる「汗」も冷や汗だったにちがいありません。昌吉のことにかぎらず、かつての孤児院生活は、利雄にとって、他愛のない感傷に浸れるほど、甘いものではけっしてありませんでした。

しかし、たまたま当時からいた神父に声を掛けられた利雄は、孤児院の中に入って、否応なく過去と向き合わざるをえなくなってしまいます。そして、神父の話を聞くにつけ、内部の様子を見るにつけ、過去のさまざまな出来事を回想することになるのでした。

最後の段落における、回想時からまた現在時に戻っての、「十五番の木札からはなんの声も聞えてはこなかった。」という最後の一文は、そこまでの回想と結び付けると、きわめて暗示的です。

それは、単に昌吉がすでに死んでいることに結び付くだけではありません。おそらく昌吉は、逮捕された後、共犯者である利雄について、口をつぐんだままだったのだろうということに思い至ったのです。口にしなかったのは、聞かれなかったわけでも、利雄をかばったわけでもないでしょう。逮捕された時点で、昌吉はもはや自分の人生が終わったと思い、他のことはどうでもよくなっていたと思われます。利雄を犯行に巻き込んだのは事実ですが、そもそも共犯者としてその後の運命をともにするつもりは、昌吉にはまったくなかったはずです。利雄にとっては、良くも悪くも。

そのような昌吉の黙秘に対し、利雄が感じたのは、同じように不遇な境遇にありながらも夢を抱き、しかし若くしてそれを失ってしまった者への痛切な共感ではなかったでしょうか。これで助かったという思いがなかったとは言えませんが、それ以上に、事と次第によっては、十五番が四十一番であったとしても、ちっとも不思議ではなかった、という共感なのでした。

そこには、どんな喜劇的な井上作品にもつきまとう、宿命的な暗さが認められます。

4

文豪の苦心と微笑み

井伏鱒二「山椒魚」
江戸川乱歩「日記帳」
横光利一「機械」
田山花袋「少女病」
岡本かの子「家霊」
坂口安吾「桜の森の満開の下」
尾崎一雄「虫のいろいろ」
大岡昇平「出征」
吉行淳之介「童謡」
星新一「闇の眼」

「山椒魚」

井伏鱒二

山椒魚は悲しんだ。

最後

よほど暫くしてから山椒魚はたずねた。
「お前は今どういうことを考えているようなのだろうか？」
相手は極めて遠慮がちに答えた。

「今でもべつにお前のことをおこってはいないんだ。」

なぜ、最後が削除されたのか？

日本の近代小説の終わり方を問題にするならば、井伏鱒二の「山椒魚」を挙げないわけにはいきません。それというのも、井伏が二十代のときの初出から、八十代の自選全集に至るまで、この作品ほど何度も改稿されたものはなく、物議を醸したものもないからです。戦後、高校教科書にも採用され、井伏の代表作として一般に知られるようになったこともあるでしょう。

極めつけが、一九八五年に出版された『井伏鱒二自選全集』でした。本書では、それ以前のテクストを示していますが、『自選全集』ではその部分を含めた、山椒魚と蛙の会話のやりとりを記した最後の十数行が削除され、「けれど彼等は、今年の夏はお互いに黙り込んで、そしてお互いに自分の歎息が相手に聞えないように注意したのである。」で終わる形にしてしまったのです。

それに対する当時の読者の反応は賛否両論でした。この時ほど、小説がどのように終わるべきかが問題になったことはないと言えます。井伏自身も、初発表作品だけに、それなりの思い入れがあったからでしょうが、末尾のありようについては、最後まで迷いがあったようです。

「山椒魚」というタイトルは、当初は「幽閉」でした。その後、別の同人誌に掲載する際に、「山椒魚—童話—」というサブタイトル付きの題名に変えられました。また、小学生対象の雑誌には、タイトルは「山椒魚」で同じですが、すでに末尾部分が削除されたバージョンになっていました。

『山椒魚』という書名の文庫に収められた井伏の短編小説は十二編あり、そのうち動物を取り上げているのは三編です。「山椒魚」と他の二編（「屋根の上のスワン」と「大空の鷲」）で決定的に違うのは、他の二編が動物と人間との関わりが中心であるのに対して、「山椒魚」は動物だけの世界で、人間はまったく登場しないという点です。

このことは、裏返すと、「山椒魚」に登場する山椒魚も蛙も、ほぼ完全に擬人化されているということです。「山椒魚」と「蛙」というあだ名をそれぞれに付けられた男二人の物語と見て、何の違和感もありません。冒頭の「山椒魚は悲しんだ。」という一文からして、文字どおりの動物のこととは（なにせ山椒魚ですから！）想定しにくいのではないでしょうか。

そう考えれば、物語の舞台であり続ける「岩屋」というのも、現実的であれ観念的であれ、二人が幽閉された密室として、簡単に説明できてしまいます。わざわざ「童話」あるいは「寓話（ぐうわ）」という、比喩的な捉え方をする必要さえないくらいです。

会話のやりとり

ところで、最後の部分の、山椒魚と蛙のやりとりは、どこか奇妙に感じられませんか。たとえば、山椒魚の「考えているようなのだろうか?」という、日本語としてギクシャクした質問のしかた。ただ「考えている?」と聞くほうが、よほど自然でしょう。

それに対する蛙の返答も、山椒魚の質問に答えたことになっていません。どういうことを考えているかという質問には、こういうことを考えていると回答するのが普通です。「べつにお前のことをおこってはいないんだ」が直接の回答になるとしたら、質問は「俺のことを怒っている？」でしょう。このようなやりとりで会話が成り立っているとしたら、お互いに忖度があるからです。

そもそも、蛙は、体が大きくなって岩屋の外に出られなくなっていた山椒魚の腹いせによって、その岩屋に閉じ込められてしまったのでした。蛙が怒るのも当然で、以来、二年間も狭い岩屋の中で二匹はいがみあい続けます。

そして、蛙が空腹でいよいよ死にそうになった場面で、問題のやりとりが行われるのです。蛙がそのような結末を迎えるに至った責任は山椒魚にあります。しかし山椒魚は今さらそれを素直に認めたくないものの、やはり後生が悪かったのでしょう、蛙に聞かずにはいられませんでした。

そのためらいが、漠然とした、ギクシャクな質問になったのです。そういう山椒魚の気持ちを察したからこそ、蛙も「極めて遠慮がちに」それを否定してあげたのでした。ここには、山椒魚と蛙の間にいつしか芽生えた、さりげなく相手を気遣いあう友情が感じられます。

そういう読後感を良しとしていた読者なら、その部分が削られたことに納得がいかなかったのも理解できなくはありません。先に示した、削除後のような作品の終わり方は、おそらくはどちらかの死まで続く緊張状態を示していて、二人の和解は予想されえません。

井伏が子供向けではなく一般向けとして、末尾の会話の削除に踏み切ったのは、分かりやすく安心できるような人間世界の物語では満足できなくなっていたからかもしれません。

最後

弟の死ぬ二カ月前に取りきめられた、私と雪枝さんとの、とり返しのつかぬ婚約のことを考えながら。

「日記帳」

江戸川乱歩

ちょうど初七日の夜のことでした。私は死んだ弟の書斎にはいって、何かと彼の書き残したものなどを取り出しては、ひとり物思いにふけっていました。

はたして弟は病死だったのか？

江戸川乱歩といえば、日本の推理小説の生みの親ですが、彼の作品が教科書に載っているということを知ったら、ちょっとした驚きではないでしょうか。

じつは、乱歩の「日記帳」という短編推理小説が、高校の国語教科書に載っていたのです（筑摩書房『新編国語Ⅰ』）。しかも、その「学習の手引き」には、「結末の文章から、どのような事実が浮かび上がってくるか。」という、ミステリアスな問いがあるのですから、いやでも取り上げないわけにはいきません。

普通、推理小説の場合、読む前に結末をばらすのはルール違反とされます。読む醍醐味（だいごみ）を失ってしまうことになるからです。ただ、教科書に出ているくらい、作品が有名なので、あらためて読み直してみるという意味では許される、と思うことにします。

作品冒頭の「ちょうど初七日の夜のことでした。」という一文は、誰かの死が前提になりますから、すでに事件の匂いが感じられます。なにせ作者が乱歩なのです。そして、その第二文には「死んだ弟」が出てきますから、身内が殺され、その犯人を明らかにするための捜査に、「私」が乗り出したように読めます。ところが、その後の展開は、見事にその読みをはぐらかします。

まず、弟は病死でした。「医者からあのいまわしい病気を宣告せられた」としか書かれていませんが、少なくとも誰かの手で殺されたのではありません。それと、物語の中心は、弟と北川雪枝という女性との関係に関する謎の解明にありました。その中には、いかにも推理小説らしい、暗号の解読があります。二人とも好きあっていたにもかかわらず、臆病さゆえに、その思いを暗号に託しました。しかし、お互いそれを理解できなかったのでした。

それだけならば、悲恋話ということで終わりそうで、あまり面白くありませんね。それが、最後の一文ですべてひっくり返ってしまいます。

末尾の真相

弟と雪枝が葉書のやりとりをしていたのは、三月から五月までの約三カ月間です。それ以降、「私」の見つけた、弟の日記帳には彼女のことは一切触れられていませんでした。そして、弟の病状が悪化したのは「一〇月なかば」とあります。亡くなったのがいつかは記されていませんが、そう遠くはない時期と推定されます。

かりにその時期を年末あるいは年明け頃とすると、最後の一文にある「弟の死ぬ二カ月前に取りきめられた、私と雪枝さんとの、とり返しのつかぬ婚約」が成り立ったのは、十月頃。そうです、弟の病状悪化の時期と重なっている可能性が高いことになります。

作品末尾の直前には、次のようなくだりがあります。

ああ、私は弟の日記帳をひもといたばかりに、とり返しのつかぬ事実に触れてしまったのです。私はその時の心持をどんな言葉で形容しましょう。それが、ただ若いふたりの気の毒な失

敗をいたむばかりであったなら、まだしもよかったのです。しかし、私にはもう一つの、もっと利己的な感情がありました。そして、その感情が私の心を狂うばかりにかき乱したのです。

そもそも気になるのは、なぜ「私」が弟の死後、彼の書き遺したものに異様に執着したか、です。単に弟を偲(しの)ぶためだけだったとは思えないほどです。

婚約というのは、まずはそういう話があってから、それなりの準備期間があります。それがどのくらい前からなのかは分かりません。ただ、弟と雪枝との関わりは、その準備期間に始まり、そして終わったと見られます。

弟は、兄の結婚が正式に決まる前に、せめて自分の想いを彼女に伝えておきたい、うまくいけば、付き合いたい、と願っていたのではないでしょうか。そして、雪枝もまた……。

二人が暗号でのやりとりをしていたのは、じつは、「私」が推測したような、生来の臆病な性格によるのではなく、二人のやりとりを周囲、とくに「私」から隠しておきたかったからだったにちがいありません。「私」は、その気配を何となく感じつつも、見て見ぬふりをしていたのです。まさに「利己的な感情」によって。

とすれば、弟の死は、単なる自然の成り行きとしての病死ではなく、「私」の、言わば未必の故意、つまり、そのまま死んでしまったとしてもしかたがないと思ってとった無視の態度による、間接的な殺人だったということになります。「取りかえしのつかぬ事実」「取りかえしのつかぬ婚約」という反復は、まさにそのことを意味しているのではないでしょうか。

「機械」

横光利一

初めの間私は私の家の主人が狂人ではないのかとときどき思った。

私はもう私が分らなくなって来た。私はただ近づいて来る機械の鋭い先尖（せんせん）がじりじり私を狙っているのを感じるだけだ。誰かもう私に代って私を審（さば）いてくれ。**私が何をしに来たのかそんなことを私に聞いたって私の知っていようはずがないのだから。**

なぜこんな文体なのか？

この作品を、今の目で読んでみると、とくに奇異な感じはしないのではないでしょうか。むしろ純文学系の一種のスタンダードな文章のようにも思われます。しかし、これが発表された一九三〇年には、モダニズムによる実験作として大きな反響を呼んだのでした。

当時、横光は川端康成などとともに「新感覚派」の作家として脚光を浴びていました。新感覚派とは、従来の自然主義文学や当時のプロレタリア文学に対抗し、感覚の斬新さをモットーとした文学一派のことです。たしかに、それとはっきり分かる表現上の特徴が認められます。

たとえば、この「機械」という作品は文庫本で四十ページ弱ありますが、段落は六つしかありません。平均すれば、一段落が六〜七ページと、きわめて長いものになっています。

また、句読点についても、句点「。」は二四一箇所に付されているのに対して、読点「、」は二一五箇所にしかありません。読点が句点より少ないということは、通常はありえません。全体で五五七行、一文平均は二行以上ですが、一文に一個も読点が用いられないこともあるわけです。

さらに、全二四一文中、文頭に接続詞があるのが九十文ありますが、そのうちの半数近くが、「しかし」「だが」などの逆接系の接続詞であるというのも、目立っている点です。

これらはもちろん、表記・表現上のみの特徴というわけではありません。それに見合う内容があってこそ、斬新かつ独自な文体になりえていると言えます。

舞台は、町場の小さなプレート製作所。しかし作品名の「機械」は、そこにある機械を指してはいません。「機械」はテクストの中に、最後の部分を含めて四回、どれも比喩として出てきます。最初は、プレートの新たな発色法の化学実験に関する、「いかなる小さなことにも機械のような法則が係数となって実体を計っている」。次は、同僚との関係に関する「私たちの間には一切が明瞭に分っているかのごとき見えざる機械が絶えず私たちを計ってい」る。そして、工場の社長のミスに関する、「一つの欠陥がこれも確実な機械のように働いていた」。最後が末尾の「私はただ近づいて来る機械の鋭い先尖がじりじり私を狙っているのを感じるだけだ」となります。

これらの「機械」に共通しているのは、人間の意思とは関係なく存在し、物事を規則的に左右する圧倒的な力というイメージです。語り手の「私」は次第にそのような力を自覚するようになり、やがて圧倒されて、最後は狂気を帯びるまでになってしまいます。

語りと文体

最初の一文における「私」は、この一文だけだと、妻のことではないかと思えます。が、その後すぐに「細君」が出てくるので、違うのが分かります。それでも、まだ「私」の正体は不明で、二頁めの終わりまで来て、やっと工場の従業員であることが示されます。

このような設定・関係の分かりにくい始まり方は、この作品が徹底して「私」の視点でしか語られていないことによります。誰に対してであれ、何事に対してであれ、「私」自身の中での相対化はしつこいほどにさまざま行われますが、ついに他者の視点は見られず、真の意味での相対化はまったくありません。

一般に、言語コミュニケーションでは、当事者は、各発話に対する意味計算を行います。自分がこう言えば相手はこう思うのではないかというものです。「〜と相手が思うのではないか」という推測は「〜と相手が思うのではないか、と相手が思うのではないか、と……」のように、無限に繰り返されうるもので、そうなると、正常なコミュニケーションが成り立たなくなってしまいます。

この作品における「私」が陥ったのは、まさにそれでした。先に示した、一段落の長さ、切れ目のない一文、逆接の多さというのも、すべてそれにつながっています。

そもそも、「私」については「九州の造船所から出て来た」とあるだけで、なぜ造船所を辞めたのか、なぜ東京に出て来たのか、の説明はありません。ただ自分を「全く使い道のない人間」と語るばかりです。どのみち自分だけを相手にする語りですから、いちいちの説明は不要なのでした。

作品最後の直前は、「私」と、同僚の「軽部」と、臨時の助っ人の「屋敷」の三人が、仕事場で一緒に酒を呑み明かした翌朝、屋敷が死んでいたという場面です。

「私」はその死因を、毒性の溶液と考えますが、その根拠も示さないまま、いきなり「私」と軽部のどちらがそれを飲ませて殺したのかを巡って、悶々とします。あげくに、「いや、もう私の頭もいつの間にか主人の頭のように早や塩化鉄に侵されてしまっているのではなかろうか。」と、冒頭部分の「狂人」とリンクさせて、破綻（はたん）を予感させる最後となっています。

最後

非常警笛が空気を劈(つんざ)いてけたたましく鳴った。

「少女病」

田山花袋

最初

山手線の朝の七時二十分の上り汽車が、代々木の電車停留場の崖下(がけした)を地響させて通る頃、千駄谷の田畝(たんぼ)をてくてくと歩いて行く男がある。

なぜ男は死んだのか？

田山花袋といえば、「蒲団」が有名です。とくに、そのラスト・シーン。「夜着の襟の天鵞絨の際立って汚れているのに顔を押附けて、心のゆくばかりなつかしい女の匂いを嗅いだ。（改行）性慾と悲哀と絶望とが忽ち時雄の胸を襲った。時雄はその蒲団を敷き、夜着をかけ、冷めたい汚れた天鵞絨の襟に顔を埋めて泣いた。（改行）薄暗い一室、戸外には風が吹暴れていた。」。

これが、三十代なかばの、妻子持ちの男がすることでしょうか。しかし、このあまりに赤裸々な告白ゆえに、この作品は日本の自然主義小説あるいは私小説の走りになったのでした。ここに取り上げる「少女病」という短編は、明治四十年に、「蒲団」の直前に書かれたもので、その中心人物の男性の設定は、田山自身をモデルとしたと見られる、きわめてよく似たものになっています。

「少女病」というタイトル、よくも付けたものです。現代ならば、「ロリコン」と呼ばれるかもしれません。この作品は、世間を騒がせた明治時代に比べ、多様性社会の今のほうが、こういう人もいるいる、という感じで、すんなり受け入れられるように思われます。ただし、ロリコンはせいぜい十代前半までの女の子が対象になるのに対して、この作品で主たる対象となるのは、「蒲団」と同じ、十代後半の女学生です。いわゆる「女学生萌え」です。いやはや。

ありがちなことですが、主人公の「杉田古城」は、まったく風采があがらない男です。「猫背で、獅子鼻で、反歯で、色が浅黒くッて、頬髯が煩さそうに顔の半面を蔽って、ちょっと見ると恐ろしい容貌、若い女などは昼間出逢っても気味悪く思うほど」と、これでもかというくらいの描写がされています。そういう男が道で、あるいは電車の中で見かける若い女性たちに「萌え」を抱くのです。時には跡を付けたり、落し物を拾ってあげたりもしますが、基本的には、微妙な位置からただ眺めて、ひとり密かに楽しむだけです。したがって、相手の女性から、気味悪がられたり訴えられたりすることもありません。単に臆病なだけかもしれませんが、罪がないと言えば罪がありません。

作品の冒頭部分は、この男の律儀な生活ぶりを示しています。彼は文学者でありながら、家族の生活のために、不本意にも出版社で働くサラリーマンです。ごく普通の家族、不愉快な職場、そして平凡な日々の中で、唯一の楽しみが女学生を眺めることでした。作品には、その対象となる、何人かの若い女性が登場しますが、それぞれの描写には、まさにフェチと言える表現がさまざまに見られます。それだけならば、いつまでも何人に対してでも続いていきそうな感じです。

突飛な結末

問題は、最後です。

「非常警笛が空気を劈いてけたたましく鳴った。」という最後の一文一段落は、緊急事態を告げるものでした。その男が電車から転げ落ちて、反対側から来た電車に轢(ひ)かれてしまったのです。そのことが、「その黒い大きい一塊物は、あなやという間に、三、四間ずるずると引き摺(ず)られて、紅い血が一線(ひとすじ)長くレールを染めた。」のように、じつにリアルに描かれています。

なぜ、転げ落ちたのか。超満員の車内で、いつかもう一度見たいと願っていた女性に見とれていて、電車の急な動きに対応できなかったからです。誰のせいでもありません、いわば、自業自得です。中には、ザマアミロと思う読者もいたかもしれません。とはいえ、物語的には、こういう終わり方はいかにも突飛で、作為的であると、発表当時から批判を受けました。

たしかに、この結末を予感させるような、明らかな伏線は見当たりません。ただ、末尾近くの、電車に乗る前に、男は「なぜか今日はことさらに侘しくつらい。」、「もう生きている価値がない、死んだほうが好い、死んだ方が好い、死んだ方が好い」と考えていました。それというのも、いくら若い女性に憧れても、もう恋愛できる歳でも立場でもないからでした。それが分かっていたにもかかわらず、電車に乗れば、また懲りずに見とれていた結果の轢死です。そう考えれば、あながち作為的とも突飛とも言えないでしょう。

この作品が私小説とみなされるのは、主人公に書き手の田山自身が重ね合わされているからです。もちろん、この時点で、田山は死んではいませんし、それを予告したのでもありません。物語の結末は、あえて言えば、「少女病」という、生理的あるいは神経的な「ロスト」＝死を意味しているのでしょう。そうなれば、もはや肉体は「黒い大きい一塊物」としか表現しえないものとなります。

面白いのは、こうして「少女病」において無残に殺した男を、次の「蒲団」において、何の断りもなく蘇生させて、また同じ病にさせていることです。「馬鹿は死んでも治らない」と言いますが、田山の、タチの悪い冗談のように思えてなりません。

最後

徳永老人はだんだん痩せ枯れながら、毎晩必死とどじょう汁をせがみに来る。

「家霊」

岡本かの子

山の手の高台で電車の交叉点になっている十字路がある。十字路の間からまた一筋細く岐(わか)れ出て下町への谷に向く坂道がある。坂道の途中に八幡宮の境内と向い合って名物のどじょう店がある。拭き磨いた千本格子の真中に入口を開けて古い暖簾(のれん)が懸けてある。暖簾にはお家流の文字で白く「いのち」と染め出してある。

食べるとはどういうことか？

岡本かの子の小説家としての活動は、四九歳で急死する直前の、ほぼ三年間にすぎません。そのわずかの間に、生前未発表分も含め、数多くの作品を残しました。その中には、食べ物にまつわる作品群があり、「家霊」という短編小説もその一つで、亡くなる年に発表されました。

今や「食文学」というジャンルが成り立ちそうなほど、食べ物や料理にまつわる小説が数多く出されています。その観点から文学史をまとめた、平野芳信『食べる日本近現代文学史』(光文社新書)というのもあるくらいです。岡本も、日本の食文学史に名前をとどめる一人でしょう。

「家霊」というタイトルは、直接、食べ物とは関係していません。この言葉自体も、作品の中には出てきません。その家に代々棲みつくと信じられている霊魂という意味ですが、この作品の場合、舞台となるどじょう屋の代々にまつわる女の宿命のようなものを指しています。

冒頭部分は、物語の舞台となる場所を提示する、オーソドックスな始まり方です。次に、珍しい「いのち」という店名の由来が語られます。いわく、「この種の食品は身体の精分になるということから、昔この店の創始者が素晴らしい思い付きのつもりで」付けたものでした。

事件らしい事件は起きないのですが、物語を動かす中心になるのは、最後にも出てくる徳永老人です。その老人は、毎夜、その店にご飯つきのどじょう汁を注文しにきました。しかし長らくツケが溜まり断られると、店を訪ねてきては懇願し、何とかせしめるのでした。

店の一人娘のくめ子は、帳場を守るようになったばかりでした。くめ子は、「この洞窟のような家は嫌で嫌で仕方がな」く、女学校を出ると、「家出同様にして、職業婦人の道を辿（たど）」り始めました。三年が経ち、そんな生活にも飽きが来ていた折、母の病気の知らせを受けて、「多少諦めのようなものが出来て」、家業を継ぐことになったのです。

ある夜、くめ子が店に一人残っていたところ、徳永老人が訪ねてきて、くめ子の母親との関わりについて話し始めました。その話こそが、この物語の肝です。じつは、末尾近くで、死期の近づいた母親がくめ子に、徳永老人とは反対の立場から、まったく同じ話をするのです。要するにそれは、辛抱を続けていると「誰か、いのちを籠めて慰めてくれるものが出来る」ということでした。

家霊といのち

二人の話を聞いて以来、「宿命に忍従しようとする不安で逞（たく）ましい勇気と、救いを信ずる寂しく敬（けい）虔（けん）な気持とが、その後のくめ子の胸の中を朝夕に纏（もつ）れ合う」ようになります。「不安で逞しい」、「寂しく敬虔な」という、矛盾しあった形容の重なりは、そのままくめ子の内面の葛藤を表わしています。

もともと徳永老人はもとより、母親に対しても快く思っていなかった、まだまだ若いくめ子でしたから、長年にわたる、二人の秘めた思い、秘めた関係を知らされたからといって、すぐに納得できるものではないでしょう。まして、それを「家霊」に縛られたことと思えるはずもありません。

それでも、少しずつ受け入れてゆくようになり、末尾直前には、店の常連の学生たちと外で遊びながらも、気付けば、「店が忙しいから」と帰るようになっています。ここには、くめ子もやがて、母親や祖母と同じ道を歩むことが暗示されています。

しかしこれだけなら、舞台がどじょう屋である必然性は感じられません。そこに、物語のもう一本の線である「いのち」があります。それゆえの店名であり、最後の一文とも、つながるのです。

徳永老人は、昔気質の彫金師でした。出来が気に入らなければ売らないというのですから、貧しいのは当然です。そのうちに注文も来なくなっていましたが、仕事への気概だけは失っていませんでした。老人は、気の張る仕事をこなすには、「どじょうでも食わにゃ遣（や）りきれんのですよ」と言い、また「鰥夫（やもめ）暮しのどんな侘しいときでも、苦しいときでも、柳の葉に尾鰭（おひれ）の生えたようなあの小魚は、妙にわしに食いもの以上の馴染みになってしまった」と語ります。

それを唯一理解してくれたのが、くめ子の母親でした。老人もそれに応えるように、「せめて、いのちの息吹を、回春の力を、わしはわしの芸によって、この窓から、だんだん化石して行くおかみさんに差入れたいと思った」のでした。

その母親も亡くなり、くめ子に代替わりしてからが、最後の一文です。老人にとって、もはやどじょうは「いのち」の精分ではなく、「いのち」そのものになっていました。おそらくくめ子は、老人のいのちの終わりまで、どじょう汁を分け与えることでしょう。

そのような暗示を読み取るならば、この末尾は、「家霊」とも結び付きながらも、「いのち」のありよう、続きようを物語る、切なくも味わい深い終わり方と言えます。

最後

あとに花びらと、冷めたい虚空がはりつめているばかりでした。

「桜の森の満開の下」

坂口安吾

桜の花が咲くと人々は酒をぶらさげたり団子をたべて花の下を歩いて絶景だの春ランマンだのと浮かれて陽気になりますが、これは嘘です。

なぜ桜の花に惹かれるのか？

日本の桜ブームは年々盛り上がり、各地の名所では宴会はもとより、立ち止まって見ることさえできないほどの賑わいです。なぜ、それほどまでに桜に惹かれるのかを考えたとき、その美しさには、恐怖なり狂気なりが含まれているせいではないか、と捉える人がいても不思議ではありません。

そのような思いを描いた代表的な作品が、坂口安吾の「桜の森の満開の下」と梶井基次郎の「桜の樹の下には」の二編です。梶井の作品は一九二八年、坂口のは一九四七年に発表されたものですから、あるいは坂口は梶井の作品を読んでいたかもしれません。

梶井の「桜の樹の下には」はごくごく短い作品で、その冒頭の「桜の樹の下には屍体が埋っている！」という一文が有名です。というか、ほとんどこの一文の着想だけで成り立っていると言ってもいいくらいです。その最後の一文は、「今こそ俺は、あの桜の樹の下で酒宴をひらいている村人たちと同じ権利で、花見の酒が呑めそうな気がする。」です。

坂口の「桜の森の満開の下」には、梶井とそっくりの着想は示されていません。ただ、「桜の花の下から人間を取り去ると怖ろしい景色」になると語るばかりです。しかし、そこには、死を招く狂気に満たされているとする点において、梶井のイメージとつながっています。

そのような桜に最も囚われていたのが、鈴鹿峠に住む一人の山賊でした。極悪非道な山賊なのに、「桜の森の花の下へくるとやっぱり怖ろしくなって気が変になりました」。にもかかわらず、しばらくそこを離れていると、「なつかしさに吾を忘れ、深い物思いに沈」んでしまうのです。

この作品の冒頭部分は、語り手による前置きです。「これは嘘です。」という断言に、読み手はちょっとたじろぐかもしれません。いったい、何が嘘なのか。

元来、花見は農耕行事の一つであり、桜の咲き具合によってその年の収穫の吉兆を占うものでした。その意味では、花見は神聖なもので、単なる娯楽ではありませんでした。しかし、坂口の言う「嘘」はそういうことではありません。桜の花を見たら、あるいは花の下にいるだけで、「浮かれて陽気に」になどなれるはずがない、ということでした。

桜の花の化身

物語の発端は、山賊が夫婦の旅人を襲って、夫を殺し、その女を八人目の妻にしたことでした。女は絶世の美女でしたが、大変なわがままでもありました。以後、山賊はその女の言いなりになり、振り回されっぱなしになります。出会いの時から、山賊には、満開の桜に通じる、妙な感覚がありました。「山賊は女の亭主を殺す時から、どうも変だと思っていました。いつもと勝手が違うのです。どこということは分からぬけれども」、女に魅入られてしまったのです。

それからは、その女に献身一筋で、そのあげく、女のたっての願いを受け入れ、山を下りることにします。その直前に、山賊は桜の花との約束があると言い張って、満開の下に一人訪れます。するとまた、言いようもない恐怖に囚われて、逃げ出したのでした。

いざ都暮らしを始めると、女の狂気はハンパでなくなりました。老若男女を問わず、山賊に生首を取って来させ、それらを使った「首遊び」に明け暮れるのです。その遊びを女が楽しむさまを描く場面の凄絶さは、類を見ません。

それにしても、なぜ山賊はそこまで女に服従したのでしょうか。それはやはり、その女が桜の花の化身に他ならなかったからと考えられます。その正体は、最後になって明かされます。

ついに山に戻ることになった時も、まさに桜の森は満開でした。その下を、山賊が女を負ぶって通り過ぎようとして、気付けば、女はその本性をむきだしにしたように、鬼の老婆に変身して、山賊の首を絞めて殺そうとしたのでした。

無我夢中で抵抗しているうちに、山賊は逆に女を絞め殺していました。しばらくして、その事実に直面し茫然とする山賊について、こう語られます。

桜の森の満開の下の秘密は誰にも今も分りません。あるいは「孤独」というものであったかも知れません。なぜなら、男はもはや孤独を怖れる必要がなかったのです。彼自らが孤独自体でありました。

最後の一文は、この物語のみならず、人の世のことはすべて虚しさに帰すことを示しています。満開の桜と虚空という自然の摂理に、ただ振り回されているにすぎないとでも言うかのように。

「わ、面白いな」と、七つの二女まで生意気に笑っている。みんなが気を揃えたように、それぞれの額を撫でるのを見ていた私が、「もういい、あっちへ行け」といった。

少し不機嫌になって来たのだ。

「虫のいろいろ」

尾崎一雄

晩秋のある日、陽ざしの明るい午後だったが、ラジオが洋楽をやり出すと間もなく、部屋の隅から一匹の蜘蛛（くも）が出て来て、壁面でおかしな挙動を始めたことがある。

どこで終わっても良かったのか？

尾崎一雄は、戦後私小説作家の代表と言われています。「私小説」というのは、日本独自の文学ジャンルで、小説とも随筆ともつかない、もっぱら書き手自身の日常を取り上げた作品のことです。日本では、そういう文学を高く評価する伝統があるようで、尾崎もその業績によって、一九七八年に文化勲章を受けました。

「虫のいろいろ」という短編小説は、尾崎の代表作の一つで、私小説らしく自らの体験を中心に、いくつかの虫について描いたものです。その合間合間に、書き手や家族のことが記されます。

中村明『日本の一文　30選』（岩波新書）は、この作品の末尾近くに描かれたエピソードにまつわる語り手の思いを記した「そして、額ばかりではない。」という一文を取り上げて、それに続くことが予想される表現の欠如を指摘し、「これが、作者尾崎一雄のしつらえた意図的な省略であり、沈黙の修辞的な効果だったように思われる。」のように評価しています。

この作品は虫のエピソードを示す最初の一文から、奇妙です。そもそも、洋楽の演奏と蜘蛛の動きを結び付けることなど、普通はしません。しかし、「浮かれだしやがった、と私は半ば呆れながら、可笑（おか）しが」るのです。そうして、両者の関係性を見極めようと、「曲が終ったら彼はどうするか、そいつを見落とすまいと注視をつづけ」ます。

それから、別の蜘蛛を閉じ込めて、どうなるかを試したり、蚤（のみ）がどのようにして曲芸を覚えるかや、蜂がなぜ飛べるのかついての話を思い出したりします。

虫と我が身を比べては、蜘蛛のように「冷静な、不屈なやり方はできない」と諦めたり、蚤のように「自ら可能を放棄して疑わぬ」のと、蜂のように「信ずることによって不可能を可能にする」のと、自分はどちらなのかを問うたりします。あげくには、「私が蜘蛛や蚤や蜂を見るように、どこかから私の一挙一動を見ている奴があったらどうだろう。」とまで、想像することになります。

当人は一貫して、いたって真面目に考えているはずですが、だからこそ、このような虫との同等比較のスタンスからは、ほのぼのとしたユーモアが醸し出されます。それは、プロとしての技ゆえなのであって、単に書き手の風変わりな性癖によるものではないでしょう。

不機嫌の理由

作品最後の話は、「私は、世にも珍らしいことをやってのけたことがある。」から始まります。何事かと思えば、「額で一匹の蠅を捕まえた」です。たまたま蠅が額に止まった時に、眉をつり上げたら、額にできたしわに蠅の足がはさまったのでした。

「私」はそのままの状態にして、家族を呼び、「どうだ、エライだろう。おでこで蠅をつかまえるなんて、誰にだって出来やしない、空前絶後の事件かも知れないぞ」と自慢します。これも、「空前絶後の事件」と、得意満面で大騒ぎするほどのことでしょうか。

そういう父親が父親なら、家族も家族です。その様を見て気持ち悪がるどころか、最初に駆けつけた長男は、「へえ、驚いたな」と言い、続けて見に来た家族もみな「ゲラゲラ笑い出した」のですから。似た者夫婦ならぬ、似た者家族です。

先に引用した、「そして、額ばかりではない。」という一文は、自分の額を撫でている長男を見ての、「ロクにしわなんかよりはしない。私の額のしわは、もう深い。」という箇所に続くものです。見せびらかしておきながら、一転してひとり感慨に耽ってしまいます。

最後の一文にある「少し不機嫌になって来た」ことの理由は示されません。それも「意図的な省略」と言えますが、読み手の想像力に委ねるというよりも、文脈的に自明だからでしょう。

「空前絶後の事件」が起きたのは、何よりも自分の老いによるものでした。まだしわ一つない子供たちに、できることではありません。その厳然たる事実を思い知らされたら、面白いはずはありません。自ら家族を面白がらせようと思ったせいで招いてしまった事態ですから、誰も責められません。家族に対してというより、そんな自分に対して不機嫌になるのも無理ないことです。

私小説は、どこで始まりどこで終わってもいいように言われますが、この「虫のいろいろ」については、どうでしょうか。

「少し不機嫌になって来た」という最後の一文が、蠅のエピソードにのみ関わるとしたら、たしかにそのとおりでしょう。しかし、生きとし生きるものを眺めながらの感慨には、つねに死と隣り合わせの人生があります。そうしてなんとか生きながらえている身の不如意を思えば、少し不機嫌になるのは、じつは、何かにつけて、ではなかったでしょうか。

「出征」

大岡昇平

明方の兵舎を我々は歩いていた。薄暗い電灯に照らされた影の多い室内には、兵達の鼾（いびき）と我々の靴音のみ響いた。古い兵舎の匂い、木と油と埃と汗の混った匂いとも、今日でお別れかと思えば懐かしくもある。

最後

私に何か感慨があったかどうか、わからなかった。

しかしその時の私の中の感情は、私が出征によって、祖国の外へ、死へ向って積み出されて行くという事実を蔽（おお）うに足りない、と私は感じた。

その時、「私」にどんな変化があったのか？

日本の戦争文学と言えば、大岡昇平でしょう。「俘虜記」「野火」「レイテ戦記」などの名作を残しています。「出征」という短編小説も、大岡の実体験に基づいたとみなされる作品です。

文学において、書かれていることが、事実そのままか否かと問うのはあまり生産的とは言えませんが、大岡は、こと歴史小説に関しては、史実を改変した作品を厳しく批判しました。そこには、書き手個人に関わることと、社会全体に関わることとの違いがあったのかもしれません。

この「出征」という作品が、大岡自身の体験を元にしているであろうことは、いくつかの点からうかがえます。たとえば、語り手の「私」が家族に遺書を書く際、子供の名前に、「鞆絵（ともえ）」と「貞一（ていいち）」という、大岡の実の子供の本名を使っていたり、作品なかばで、「実際私はマニラに安着した。そして事実その運の連続として生還し、今こんな文章を書いているわけである」のように、「私」＝書き手の後日談を示したりしています。

作品の最初と最後の部分を読み比べてみると、どちらも「私」の内面が書かれていますが、ギャップの大きさが感じられます。冒頭の「今日でお別れかと思えば懐かしくもある」からは、単純に明るい気分が読み取れるのに対して、末尾からは、言葉にしえないほどの重苦しい感情が伝わってきます。この急激な変化をもたらす出来事が、物語として描かれています。

昭和十九年の六月ですから、日本の戦況は悪化する一方の頃でした。それでも、あくまで補充兵として三カ月の教育召集でしたから、その期間が終われば帰宅できるはずでした。ところが、補充兵の半分近くが残され、外地へ出征することになってしまいました。「私」もその一人でした。

初めから出征を前提にしていたら、それなりの覚悟もできたでしょうが、この、半分近くという確率が、いかにも微妙です。残されたほうが諦めきれないのも無理はありません。その中途半端な気持ちを、「私」はずっと引きずることになります。

韜晦（とうかい）と客体化

出征前、最後の面会に、未練だと思って妻を呼ばないと決めたのに、周りからの勧めで呼ぶことにしたのも、やっと会えた時も、妻に「小説の言葉」のような愛情表現をしたいと思いつつも、どうしてもそれが口から出て来なかったのも、その中途半端な気持ちのせいでした。「私」は、「死の予感」をたしかに感じるいっぽうで、「やはり「死ぬとは限らない」」という一縷（いちる）の望みにすべてを賭けるほかはないのを納得しなければならなかったのでした。

そして、この「一縷の望み」は、船が外洋に出るまで続くことになります。発作的に海に「品川で妻が与えた千人針を投げ」たことについて、「強いていえば私は前線で一人死ぬのに、私の愛する者の影響を蒙りたくなかったといえようか」としています。これは何らかの事情によって出征が中止になる、つまり千人針によって命を守る必要がなくなることを、なお望んでいたからではないでしょうか。

大岡の「俘虜記」や「野火」に描かれたような、死が目前にある戦地は、まだはるか遠くにある段階です。「死の予感」はあくまでも予感にすぎません。あれこれと考えてしまう余裕がある分だけ、かえって苦しいとしても、所詮「死と戯れる」程度と言われてもしかたないでしょう。いよいよ外洋に出ることが確実になって、最後の一文となります。ここには、先に評したような「重苦しい感情」と単純には言い切れない、意図的な韜晦と客体化が見られます。

「私に何か感慨があったかどうか、わからなかった。」というのが韜晦、つまり本心を隠す意図が見られます。分からなかったはずはないのです。ここに至るまで、自らの意識のありようを、その混乱や矛盾も含めて、冷静に分析的に説明してきた「私」です。感慨がなかったということも、その感慨が説明不能だったということも、ありません。「言葉にしえない」のではなく、あえて言葉によって整理したくなかったのです。

続く「しかしその時の私の中の感情は、私が出征によって、祖国の外へ、死へ向って積み出されて行くという事実を蔽うに足りない、と私は感じた」というのが、客体化です。「私の中の感情は、（略）事実を蔽うに足りなかった」で済ませるのではなく、「と私は感じた」と付け加えることによって、その感情を持て余している「私」を客体化して見ている、あるいはそうすることによって、かろうじて自己を支えている、もう一人の「私」の存在を示しています。

冒頭と結末とのギャップは、自己を客体化する必要のなかった状況から、客体化せずにはいられなくなった状況への決定的な変化に対応していると言えます。

そして、自分の内部から欠落していったもの、そして新たに付け加わってまだはっきり形の分らぬもの、そういうものがあるのを、少年は感じていた。

「童謡」

吉行淳之介

少年は、高熱を発した。その熱がいつまでも下らず、とうとう入院することになった。見舞に来た友人が、うらやましそうに言った。

「きみは、布団の国へ行くわけだな。あそこはいいぞ。」

童謡はどんな役割を果たしているか？

吉行淳之介の小説が教科書に載るとしたら、この「童謡」くらいしかないかもしれません。なにせ吉行の本領は、大人の男女の機微を描くことにあるのですから。

もう二十年も前になりますが、『高等学校国語Ⅰ』（三省堂）の「小説（二）」という単元に、宮沢賢治の「紫紺染について」という童話とともに掲載されたのが、吉行の「童謡」という短編小説です。教科書らしく、【課題】には、最後の一文の表現を取り上げて、「そういうもの」とは「どういうものだと思うか、話し合ってみよう。」とあります。

主人公である少年は、ただ「少年」と呼ばれるだけで、名前は明らかにされません。年齢もはっきりと示されていませんが、作品中の「少年は、酒でも飲んで見せたい年齢である。」という説明からは、中学生くらいが想定されます。また、冒頭部分からは、何らかの病気にかかって高熱が出たことになりますが、その病名も示されませんし、入院してからの治療のありようについても、一言も触れられていません。ただ高熱が続いたために、肉が削がれ、ほとんど骨格だけの体になったとあるだけです。

これらの非明示が物語っているのは、吉行の作風に似合わず、この作品がリアルな現実描写ではなく、寓話（ぐうわ）的に書かれているということです。教科書が最後の一文を問うのは、じつはその寓話の意味を解かせるためです。

「童謡」という作品名は、少年を見舞いに来た友人が口ずさんだ歌にちなんだものでしょう。一度めは「こういう童謡があるよ。」と言って歌われた、「ぼくは静かな大男、(改行) まくらの丘から眺めてる。(改行) すぐ目の前は谷や野だ。(改行) 楽しい布団の国なのだ。」という歌詞の童謡でした。作品冒頭の「布団の国」という比喩が、ここから取られたものであることが分かります。

じつは、その友人の童謡がもう一度、出てきます。その時は、唐突に「昔おばあさんがあったとさ。と、いう童謡がある。」と言って、歌い始めるのです。

どちらも日本の童謡としては、広く知られたものではありません。吉行がたまたま誰かから聞き知ったのか、または彼自身の創作かもしれません。いずれにせよ、童謡というのは、そもそもが寓話的です。つまり、この作品は寓話としての少年に関するエピソードを、その中に挿入された童謡という寓話によって説明するという、二重構造を成しているということです。

あるいは、作品成立の経緯は逆ということも考えられます。なぜ「童謡」というタイトルにしたかという問題ともからんで、じつは、はじめに童謡ありき、であって、それを少年のエピソードとして具体化し、作品にしたのかもしれません。

跳ぶことの意味

物語は、高熱のために痩せ細り、立って歩くことさえできなかった少年がしだいに快復し、退院後、転地療養をすると、元の二倍もの体重になったあげく、ようやく元通りになるまでを描いています。その間に、自身の容態や体重が変化する都度、少年は自己内省します。

たとえば、高熱を発するまでは、「少年は、運動の選手をしていた。腕力も強かった」のですが、高熱のためにすっかり痩せてしまうと、「「布団の国」の王様どころか、白い乾いた地面の上に投げ捨てられた死体のように」感じて、「生きている人間の世界から、ずり落ちかけている自分」を意識し、ついには「ああ、この身はわたしじゃない」と嘆くことになります。

そして、快復に向かうと、「これで、生きている人間たちの世界に戻ることができた」と思い、やがて「骨だけになっても、二倍に太っても、自分は自分だ」と思えるようになります。

このような内省の変化を辿ってみると、思春期の中学生によく見られる、アイデンティティを模索しているさまが、劇的な肉体の変化を通して描かれていると見ることができます。作品に登場する同級生たちに対する、病人としての屈折した思いも、その一環と言えるでしょう。

そうして、最後の一文です。

その直前に、「もう、高く跳ぶことはできないだろう。」という言葉が出てきます。単に運動不足のせいで、走り高跳びのバーを跳び越せなかっただけなのにもかかわらず、少年はそのように感じてしまうのです。ここには、身体能力だけではない、成長にともなう変化一般が語られていて、それが末尾と結び付けられるのです。

もっとも、何かを失うことによって別の何かを得る、あるいは何かを得れば別の何かを失うということが一つの真理であるとすれば、それは少年期に限ったことではないはずです。そんなことは百も承知の吉行がなぜこのような作品を書いたのか、むしろそのほうが謎です。

最後

そばでは、すぐれた能力の子供が、

「暗いところではなんにもわからないなんて、ほんとに不便なんだな」

と、にこにこ笑っていた。

その能力を持つ者には不要な器官、眼のない顔を二人にむけて。

「闇の眼」

星新一

夜。この部屋のなかには、闇が静かにこもっていた。新しい、まっ黒なビロードを張りめぐらしたような闇が。

オチのために何が行われたのか？

ショートショートと言えば、星新一でしょう。ショートショートとは、SF的な色彩を帯びた、ごく短い小説のことですが、そのジャンルを専門とした作家としては、星がほとんど唯一無二です。彼は生涯で、一千編以上ものショートショート作品を書き残しました。

『ボッコちゃん』という作品集は、初期作品から五十編を星が自選したもので、彼自身の「あとがき」には、「ミステリー的なものもあり、SF的なものもある。ファンタジーもあれば、寓話がかったものもあり、童話めいたものもあ」って、SFに限られているわけではありません。

内容の傾向はともあれ、ショートショートというのは、その名のとおり短さが命であり、その分だけ、作品末尾の如何がきわめて重要な意味を持ちます。いわゆるオチです。このオチの切れ味が作品の出来を左右すると言っても、過言ではありません。ただ、物語の設定あるいは展開があっこそのオチであって、最後の一文だけでも印象に強く残るというものは、意外と少ないものです。

ここで紹介する「闇の眼」という作品は、その数少ない中の一つです。最後の「にここ笑ってていた」という顔が、「眼のない顔」だったという箇所を読むと、思わずギクッとしませんか。

このオチのための伏線が作品全体にぎっしりと詰め込まれています。最初の「夜。この部屋のなかには、闇が静かにこもっていた。新しい、まっ黒なビロードを張りめぐらしたような闇が。」からして、何か不吉です。なぜ、夜なのに部屋に明かりを付けないのでしょうか。

その理由が徐々に明らかにされていきます。まずは、その家に電気が通っていないわけでも、停電になっていたのでもなく、その住人である夫婦は訳あって明かりを付けないでいることが分かります。そして、その理由が、「「ねえ、あたしたち、前とすっかり変ってしまったわね。おたがいにもっと朗らかだったのに、坊やがうまれてから」「ああ……」」という、夫婦のやりとりから、子供にあることがうかがえます。

この後に、隣の部屋にいる子供のことが話題になりますが、「本でも読んでいるのじゃないかしら。あの子は、本を読むのが好きだから」という会話からは、最後の「眼のない顔」を予想する可能性を注意深く排除しています。普通、本は眼で読むものですからね。

伏線とミスリーディング

その子には「すぐれた才能」があり、それは、「学者の説によれば、テレパシーとかいうものの一種」であり、「まっくらな所でも、なにもかもわかる」というものです。もしこれだけのことならば、むしろ親は自慢の息子として、周りにひけらかすところです。

ところが、この一家は人目を極力避けるようにして、「都会から遠くはなれた林のなか」に住み、他人との交わりは、子供を「実験動物」かのように定期的に検査しに来る研究者一人とだけのようです。なぜ、隠れて暮らさなければならないのか。

この夫婦は我が子の持つ「すぐれた才能」について、次のように考えています。

「そのすぐれていることが、不幸なのだよ。世の中では、ひとと同じであることが幸福なんだ。これには、理屈もなにもない。すぐれた能力を持った者の、かすかな欠陥を指さして、笑いものにするか、迫害するということは、一種の自衛本能なんだろうな」

ここに初めて現れる「かすかな欠陥」というのが、オチをオチたらしめる仕掛けになります。「かすかな欠陥」という表現から想像されるのは、心身に関わる、何らかの障害でしょう。しかし、「かすかな」という限定がわざわざ付けられているのですから、それに沿って考えるならば、人目を避けるのは、この夫婦の過保護的な対処のように思えてきます。先の引用部分も、一般論としてならば、持てる者の贅沢な悩みを語っているだけではないかとも読めます。

もし読み手がそのように受け取ったとすれば、まさに書き手の思うツボです。書き手は冒頭から、その方向へ、その方向へとミスリーディングするように話を進めてきたのです。そして、そのうえでの最後の一文になります。

「眼のない顔」がはたして、「かすかな欠陥」と言えるでしょうか。親のめいっぱいのひいき目とみなしたとしても、さすがに無理があります。しかし、この伏線によって、オチが大きな効果を持つことになります。その効果とは、意外性であり、衝撃性であり、危険性です。

ショートショートというジャンルは、娯楽的・通俗的と見られ、文学的にはあまり高く評価されてきませんでした。しかし、たとえば、この「闇の眼」という作品は、じつはとても重い社会的な問題を扱っていることが、このような終わり方から浮かび上がってきます。

5

現代作家、実験中

村上春樹「中国行きのスロウ・ボート」
川上弘美「センセイの鞄」
江國香織「いつか、ずっと昔」
山田詠美「珠玉の短編」
村上龍「空港にて」
新海誠「小説 言の葉の庭」
沢木耕太郎「音符」
多和田葉子「犬婿入り」
大江健三郎「不意の啞」
吉本ばなな「キッチン」

友よ、中国はあまりにも遠い。

「中国行きのスロウ・ボート」

村上春樹

最初の中国人に出会ったのはいつのことだったろう?

分かる人には分かる？

今や世界的な作家とも言える村上春樹が、作家デビューまもなくの一九八〇年に発表した、彼の初めての短編小説が、この「中国行きのスロウ・ボート」です。

作品の本文の前には、次のような歌詞が引用されています。

中国行きの貨物船(スロウ・ボート)に(改行)なんとかあなたを(改行)乗せたいな、(改行)船は貸しきり、二人きり……　——古い唄

「古い唄」とだけありますが、これが有名なジャズ・ナンバーの「中国行きのスロウ・ボート」の歌詞です。村上は、この曲が大好きで、曲のタイトルからどんな小説が書けるかを試みた、と自ら語っています。歌詞そのものは、船の上で女性を口説くという内容であって、小説の中身とは直接関係していません。

『中国行きのスロウ・ボート』という村上の第一短編小説集には、彼の初期作品七編が収められていますが、表題作同様、まずタイトルを思い付いて、それから着想して書かれたと本人が明言する作品が五編もあります。村上は短編を、そのようなプロセスで書くことを好んでいるようです。

この作品は、中国人との出会いに関する三つのエピソードから構成されています。タイトルとの関係で言えば、語り手の「僕」が中国に行くわけでもなく、「スロウ・ボート」が登場することもありません。ただ、最後に「友よ、中国はあまりにも遠い。」という一文を据えたのは、このタイトルとの関係を意識してのことでしょう。

「最初の中国人に出会ったのはいつのことだったろう？」という最初の一文は、村上の念頭にあったタイトルから、まず思い付いたのが、自分と中国人との出会いだったからと思われます。この問いは、そのまま読者にも向けられます。ここで、しばし同じ思いをめぐらす人もいるかもしれません。

そして、おそらくは出会った順に、男性教師、アルバイト仲間の女子大生、高校時代の男子クラスメイトが取り上げられます。もちろん、三人とも中国人ということになっていますが、日本に暮らし、日本語になんら不自由はありません。どのエピソードも、村上が実際に体験したことかどうか、かりに同様の体験があったとしても、相手がほんとうに中国人あるいは中国出身だったかどうかは、問題にするほどのことではないでしょう。ただ、「僕」とはそもそも異なった国の出身者であるということがポイントです。

呼び掛けの相手

この三人の中国人との出会い方はそれぞれ異なりますが、共通しているのは、その後、二度と会うことはないという点です。これはなぜか、「僕」のほぼ確信なのです。その根底にあるのは、圧倒的な、他者という意識、他者との疎隔感です。

しかし、もしそれだけだとするならば、近現代小説としては、よくあるテーマでしょう。まして、相手が異国人ならば、むしろ当然かもしれません。村上にとって、問題はここからです。

作品最後の第5節で、「ある意味でそれは中国という言葉によって切り取られた僕自身である。」とも、「ここは僕のための場所でもないんだ、、、、、、、、、、」とも、「僕」が語っているのです。つまり、相手が中国人だからということではなく、彼らとの出会いはあくまでもきっかけにすぎず、その他者意識、疎隔感は、じつは「僕」自らに対して抱いたものということです。

これは、村上作品の愛読者ならば、なじみ深い意識でしょう。その後の彼の作品で何度も繰り返される、結局は、自分探しということになりますから。

この作品において、それが中国あるいは中国人に結び付けられた理由があるとしたら、「中国はあまりにも遠い」という嘆きめいた末尾から察するに、近くて遠いもの、似て非なるもの、でしょうか。もちろん、それは語る「僕」と語られる「僕」の関係にもあてはまることです。

最後の一文では、その嘆きを「友よ」と、誰かに向けています。その「友よ」と呼びかけられているのが、中国人ではありえないことは明らかです。作品内に、「友」と呼べるような人物は出てきません。かと言って、「僕」自身に向けたものでは、いかにも不自然です。

考えられるのはただ一つ、読者です。この作品を読むことによって、「僕」の体験、「僕」の思いを共有しえた読者に向けて、「友よ」と呼びかけているのです。

「中国はあまりにも遠い」という、暗示的なメッセージは、「友よ」が自分に呼びかけられたと思える読者ならば、心に重く響くことになるはずです。よね。

最後

そんな夜には、センセイの鞄（かばん）を開けて、中を覗（のぞ）いてみる。鞄の中には、からっぽの、何もない空間が、広がっている。

ただ儚々（ぼうぼう）とした空間ばかりが、広がっているのである。

「センセイの鞄」

川上弘美

最初

正式には松本春綱先生であるが、センセイ、とわたしは呼ぶ。「先生」でもなく、「せんせい」でもなく、カタカナで「センセイ」だ。

なぜ鞄を遺したのか？

この作品を収める文庫の解説は、西洋哲学の研究者として知られた木田元が書いています。木田はその専門にふさわしく、小説における時間把握の問題に関する小難しい説明をしているのですが、最後に、この作品終章の一節を引用して、「このくだりを読むと私は、分かっているのに胸をグッと衝きあげられ、瞼がにじんでくる。」と、ふさわしからぬ本音を吐露しています。

木田に限らず、老いの域に達した男性ならば、その多くは、この作品に描かれた関係、出来事に強く共感を抱いてしまうのではないでしょうか。「センセイの鞄」は、二〇〇一年に出版されると、その年の谷崎潤一郎賞を受け、ベストセラーにもなりました。

語り手の大町月子は三十代。月子の相手となる先生は七十歳すぎ。もともとは、高校の先生と生徒という関係でした。その二人が、二十年後に行きつけの飲み屋でたまたま再会し、やがて恋仲となります。最初は先生の名前さえ思い出せなかったのに、夢中になったのは月子のほうでした。

月子は普通のＯＬで、恋愛経験はあるものの、気付けば一人身のままでした。同級生の男性に言い寄られ、付き合うこともあるのですが、何か違うという思いがあって、深入りできずにいます。ところが、四十近くも年上のセンセイにはなぜかどんどん惹かれていってしまいます。

作品の冒頭部分の、呼び方へのこだわりは、二人の関係をよく物語っています。「「先生」でもなく、「せんせい」でもなく、カタカナで「センセイ」だ。」とは、いったいどういうことでしょうか。

「先生」ならば、文字どおり生徒に対する先生でしかありません。「せんせい」と平仮名書きに対応する呼び方があるとすれば、優しく柔らかい声のように思われます。これらに対して片仮名書きの「センセイ」となると、どこか硬質な響きと、意味的に中立・透明なイメージがあります。それに合わせるように、月子も一貫して「ツキコさん」と片仮名で呼ばれます。

ちなみに、かつての恋人の結婚披露宴でのスピーチで「運命のごとき恋」という言葉を耳にした時、月子が、「ウンメイノゴトキコイ。自分にやがてウンメイノゴトキコイがおとずれる可能性は、万に一つもないだろう。」と、片仮名で思ったのにも通じています。

二人は、互いを「センセイ」「ツキコさん」と呼び合いながら、最後まで、デスマス調で語り合います。どんなに親しくなっても、この敬語による距離感は一定していました。先生はともかく、月子もそのことに違和を示すことがありません。おそらく、この変わることのない距離感が一つの節度となって、月子を安心させ、のめり込ませることにもなったのでしょう。

人生の虚無

先生は十五年前に妻に逃げられ、今は一人暮らしですから、いわゆる不倫関係には当たりません。ただ、なにせ七十すぎで、元教師、しかも相手がはるか年下の教え子でしたから、周囲の目を考えても、月子よりはるかに恋愛のハードルは高かったと言えます。それでもなお突き動かすものがあったとすれば、それは死の予感・覚悟でしょう。

二人の付き合いは再会から五年で終わります。先生の死による自然消滅でした。その死にまつわることは何も描かれません。ただ、遺言により鞄が贈られたことだけが記されています。

先生はどこへ行くにもいつもその黒い鞄を持ち歩いていました。きのこ取りに山に登った時も、邪魔になるはずなのに、手から離しませんでした。一度だけ、月子と二人で島に泊まりがけの旅行に行った時に、「荷物、ぜんぶこの鞄に入るんですか」と、月子が尋ねる場面があります。それほど大きくはない、普通のビジネス鞄が想像されます。それが二人にとって、意味のある小道具になっているわけではないのです。それをなぜ、月子に遺したのでしょうか。

二人の思い出の品としては、他に遺すべき、適当な物がなかっただけかもしれません。お金は論外でしょうし、先生が身に付けていた帽子やコート、集めていた「汽車土瓶」なども、使い道がなく、どのみち邪魔になるだけでしょう。

最後の部分を、あらためて読んでみます。「鞄の中には、からっぽの、何もない空間が、広がっている。ただ儚々とした空間ばかりが、広がっているのである。」。

鞄はからっぽだからこそ、役に立つものです。月子に対する、先生からの何らかのメッセージが鞄に込められていたとしたら、それは鞄の中のような、人生のうつろさ、はかなさだったのではないでしょうか。それはけっして徒労や絶望とは結び付かない、確固たる事実としてです。それを、先生は自らの老いの身に実感していたからこそ、月子との最後の恋愛に踏み込んだのでした。月子にも、今はまだ無理だとしても、いずれそのことが理解できる日が来るかもしれません。

最後

「そうね、浩一さんが梅組で、私が桃組」
れいこは笑いながらくりかえし、そばの桜をみあげると、
さよなら、
昔の恋人たちに、そっと言った。

「いつか、ずっと昔」

江國香織

駐車場は、思ったよりもすいていた。車をおりると、れいこは
浩一の腕に自分の腕をすべりこませて言った。
「私、夜桜見物なんてはじめてよ」

空想は女ならではか？

たとえば、江國香織の代表作の一つ「きらきらひかる」という長編小説を、女性ならではと評するのは、不当でしょうか。

この作品が、「伝統ある日本女性文学の継承・発展」を謳う紫式部文学賞（第一回、一九九一年）に選ばれたのも、「女性文学」として「源氏物語」に通じる何かが認められたからこそでしょう。「女性文学」とは何か、となると難しくなりそうですが、文庫本としては一九九四年に初刷が出て、二十年後には五五刷になるほど人気のある作品の読者には、圧倒的に女性が多いような気がします。

ここに取り上げる、江國の「いつか、ずっと昔」という作品は、「きらきらひかる」に先立って書かれ、『つめたいよるに』という短編小説集に収められたものです。なぜ、この作品を取り上げるかと言えば、男性にはとても真似できそうにないと思われるような、融通無碍の空想世界が描かれているからです。

『つめたいよるに』には、江國初期の短編小説二一編が載っていますが、その多くに同様の空想世界が見られます。その世界とは、生死だったり、老若だったり、親子だったりで、それぞれの境界線がなくなる、あるいはボンヤリしたり入れ替わったりしてしまう世界です。江國の描き方の見事さは、常識的に考えればという男性的な（？）読みが入り込む間もなく、気付いたら、ごく自然にその世界にはまってしまっていたというところにあります。この「いつか、ずっと昔」という作品も、まさにそうなのです。

その冒頭部分。結婚式が間近に迫る、幼馴染みの恋人同士のれいこと浩一が、夜桜見物に来たというのは、現実的にもよくありそうな始まり方です。そして満開の桜をうっとりと眺める次の場面も、ごく自然です。ところが、その直後から少しずつおかしくなってゆくのです。

空想と現実

最初は、へびの登場でした。そこまでは物語上の現実らしく、れいこはそれをじっとみつめます。問題はここからで、何の断りもなくいきなり、れいこは、「いつか、ずっと昔、自分はへびだったことがある」と思い、なぜか「眼の前の銀色のへびは、れいこがへびだったころに恋人だったへびだった。」と確信すると、いつのまにか自分も「へびにもどっていた」のです。

ここで、そんな馬鹿な、と立ち止まってしまいさえしなければ、この後に、何が現れようと、どのように展開しようとも、受け入れるしかありません。案の定、へびの次は豚、さらにその次にはうば貝、という具合です。これら相互には、何の脈絡も見出せません。むしろ書き手は、次にどんな意外なものを出そうかと、楽しんでいた節も感じられます。このあたりの空想のしかたも、女性ならでは、と思わざるをえません。

彼らはみな、ずっと昔のれいこの恋人として、その姿を見せるのでした。変身を重ねたれいこをやっと見つけて、自分の世界に戻るように促し、れいこもその都度、元の身になって、ついて行きます。この調子なら、いったいどこまで前世の姿に遡ってゆくのか、見当もつきませんよね。

たぶん、このような展開において重要なのは、彼らはけっして現実に存在した、れいこの昔の彼氏たちの変身ではないということです。

そもそも、へびのような彼氏、豚のような彼氏、さらに、うば貝（！）のような彼氏、など、想像できなくはないかもしれませんが、あえて思い出したくなるようなイメージではありません。つまり、れいこがうっとりとするのに任せて、好き勝手な空想の世界を楽しんでいたことを描こうとした、ということです。

その謎解きが、作品最後の場面です。「どうしたの、ぼんやりして」という浩一の声で、れいこはハッと我に返ります。空想世界に浸っていたことに気付いたれいこは、それでもまだ覚めやらぬままに、「たとえば昔の私がどんなふうだったとしても、浩一さんは私が好き？」と尋ねます。

それに対して、浩一は「だって俺は、れいこが幼稚園児だったころからしってるんだぜ。」ときわめて現実的に答えます。現世における「昔」ならば、れいこにかつて恋人などいなかったことを証明するかのように。

最後の一文にある「さよなら」という言葉は、空想上の「昔の恋人たち」に対してだけではなく、現実の結婚生活を目前にして、いつまでも空想の世界に遊んではいられないという、これまでのれいこに対する決別の辞のようにも受け取れます。

「珠玉の短編」

山田詠美

そもそもは、某小説雑誌の目次が始まりだったのである。出版社から届いた最新号をいそいそと開いて、執筆者のラインナップに自分の名を確認し、よしよしと頷こうとした瞬間、何だか腑に落ちない感覚に襲われ、どうしたことかと、今度は、まじまじと見てみた。うわっ、気持悪！　何これ、変なんじゃないの？　と漱子は反射的に雑誌を放り出してしまったのである。何故なら、彼女の書いた小説の題名の横に、こんな惹句があったからだ。珠玉の短編――健気に身を寄せ合う兄と妹の運命やいかに……。

そして、掲載誌は送られて来た。心ならずもわくわくして目次を開いた漱子だが、またもや唖然とせざるをえなかった。題名の横にあったのは〈真心の掌篇〉の一行。ふう。

今度は、真心に取り憑かれるのか。夏耳漱子の受難は続く。

「珠玉の短編」ではいけないのか？

山田詠美の「珠玉の短編」は、小説家が自分の小説の書き方について書いたという意味で、一種のメタ小説です。そのタイトルや作品内作品の「きょうだい血まみれ猫灰だらけ」というタイトル、「夏目漱石」にちなんだ「夏耳漱子」というペンネームから推測されるように、パロディー小説でもあります。さらには、作風と表現との関係を示した、文体見本小説と見ることもできます。

作中では次のような書き出しの例が挙げられています。「夫が獄死したのは、五年前のリンチ。ちょうど今この時のように、たらたらと血が流れ続ける肛門裂傷の果てであった。」と「夫が逝ったのは、五年前の春、ちょうど今この時のように、はらはらと桜が散りそめる午後の光の中でだった。」。前者が、「グロテスクなまでに露悪的」な書き方、後者が「珠玉の短編」的な書き方です。違いがはっきりしすぎていますね。

このような変化の発端になったのが、冒頭部分に示された出来事でした。担当編集者が勝手に付けた「珠玉の短編」という惹句（キャッチコピー）に、最初は拒絶反応を示し、断固と修正を申し入れたにもかかわらず、夏耳はいつしかその惹句に取り憑かれてしまったのでした。

夏耳の作品は、女性ならではの過激な表現によって注目され、あえて意図的にその作風で書いてはきたものの、やはり作家の性（さが）なのでしょうか、「珠玉」にふさわしい「伝統的な日本語の作法」にのっとった書き方への憧れがあったことが、その惹句に囚われた理由なのかもしれません（もっともこれもまた、パロディーという可能性もあります)。

そもそも、「きょうだい血まみれ猫灰だらけ」という作品名からして、「珠玉の短編」にはなじみません。しかも、その内容は、要約によると、「兄と妹が獣のような近親相姦の禁忌故の快楽に溺れ、それを追求するあまりに、果ては互いの心身を傷付け合い、殺し合い、ついには息絶えることで、誰にも理解し得ない至福を共有し、限りなく愛に近い互いへの思いを完遂する」というのです。「珠玉の短編」のイメージとは程遠いというか、無縁のものでしょう。担当編集者がろくに読みもしないで付けたと、夏耳が怒るのも無理はありません。さらに、「珠玉の短編」の後には、「健気に身を寄せ合う兄と妹の運命やいかに……」という、お涙頂戴風の文句が続くのです。その作品の冒頭部も紹介されていますが、とても「健気」とは言えない、エグさに満ちています。

「珠玉」と「真心」

ところが、夏耳はなぜか「珠玉菌」に頭を冒されてしまいます。遂には「珠玉の必須条件で、最も欠かせないのは感傷だ。それも、戦いすんで日が暮れた後に訪れる類の静かなもの。決して、感激でもなく感動でもなく感銘でもない。その名も感傷。」という真理に思い至ります。そして「お願いです。あの目次の惹句通りに、あなたの小説を正しい姿に直してもらえないでしょうか。」という「珠玉菌」の甘いささやきに導かれ、我知らず、書き直しをしてしまったのです。

とはいえ、それに伴い変更された題名が「きょうだい死だらけ猫愛だらけ」なのですから、たいした変わりはないようにも想像されます。

最後の一文は、その結末です。読者の反応以前のことですから、作品自体の評価がどう変わったかまでは明らかにされていません。あくまでも書き手のみの問題に収めていて、ただ惹句が「珠玉の短編」から「真心の掌篇」に差し替えられていることに、夏耳が唖然とするだけです。

「掌篇」と言えば、川端康成です。じつは、同じ文庫に収められた「生鮮てるてる坊主」という短編は、「珠玉の短編」の一年後に書かれたもので、まるで予告するかのように、第四二回川端康成文学賞に選ばれているのです。両作品を読み比べてみると、受賞作のほうは「真心の掌篇」と言えなくもありません。なにせテーマが男女の友情なのですから、「感傷」の入る余地は大ありです。

そういう意味では、この作品は、山田文学の変化の過程を如実に示すものかもしれません。山田は、作家としてはまず、「女子大生エロ漫画家」としてデビューし、小説もその路線を引き継いで話題になったのでした。同文庫にも、「蛍雪時代」や「自分教」など、その片鱗をうかがわせる作品もありますが、もはや露骨なエロは薄れています。

山田自らが書いた「言葉用重箱の隅つつき病——あとがきにかえて」の、そのタイトルどおり、小説家は、病的とも言えるほどの、言葉に対する感受性がなければ、エロ系であれ、珠玉系であれ、すぐれた創作はできないでしょう。この作品は、そういう言葉への非凡なこだわりそのものをデフォルメし、自虐的に描いた、ユーモア小説とも言えます。そのいかにもという象徴が、モチーフとした「珠玉の短編」を、そのまま作品タイトルにもしたことです。

「外は寒いよ」
革の手袋をしたサイトウが後ろに立っていた。

初老の女の手の中でセロファンが半分の大きさになろうとしている。

「空港にて」

村上龍

サイトウに電話してみたが留守電になっていたのですぐに切った。

スキー板を抱えたグループが入ってきてわたしの横を通り過ぎた。大きなガラスのドアが開いてまた閉まる。空港の中は明るいがガラスの自動ドアの向こう側はもっと明るく、スキー板を抱えたグループは最初のシルエットだった。わたしの目の前に中年の男が週刊誌を広げて座っている。週刊誌の表紙は女優の顔だ。たまにテレビで観る顔だが名前を思い出せない。桜という字が苗字にある女優だった。わたしは航空券を持っていない。全日空のチェックインカウンターの前でサイトウと待ち合わせをしていた。サイトウが航空券を持ってくることになっているのだ。

なぜ、わたしはどこにもいないのか？

村上龍の「空港にて」という作品の冒頭部分は、空港で「サイトウ」という人物と待ち合わせをしている「わたし」という、語り手らしき人物が登場します。性別も年齢もまだ分かりません。「サイトウ」についても同様で、二人がどんな関係かも分かりません。ともあれ、「わたし」がサイトウを待っているのは確かですが、不思議なのは、その間の描写です。

「わたし」の目に見えるものがランダムに淡々と描写されるばかりで、待つ「わたし」の心境は、何も取り上げられていません。所在ないままボンヤリと、なのかもしれませんが、わざわざ電話するくらいですから、搭乗時間が迫っていたはずなのに、焦っている様子がうかがえないのです。

結末部分もそうです。やっとサイトウが姿を現したにもかかわらず、それに対する「わたし」の反応（嬉しいとか安心するとか）が示されることはなく、待つ間、たまたまその場に居合わせただけの「初老の女」の様子を描いて終わります。それによって、時間経過のほどを示すということにもなっていません。

つまり、最初であれ最後であれ、「わたし」はひたすら周りを受け入れるだけの、意志も感情も持たない、匿名的な存在のように設定されているということです。既成の物語的な設定や展開を否定した、かつてフランスで流行したヌーボー・ロマンのような描き方です。

ところが、その後、「わたし」は周りの様子を見ながら、自身の過去を、フラッシュ・バックのように、断続的に回想するときには、十分すぎるほど、個人的・物語的になり、その時々の心情もストレートに表出されます。その要約めいたものが、「わたしが高卒で、すでに三十三歳になろうとしていて、離婚歴があって、しかも四歳の子どもがいて、風俗で働いている、そういうことだ。それらはわたしの自由と可能性の限界で、しかもわたし自身だった。」です。

サイトウは、四カ月前から、風俗の「わたし」の上客です。親しくなるにつれ、「わたし」はサイトウに自らの人生を語るようになり、叶いっこない夢も話してしまいました。すると、サイトウが援助を申し出たのです。二人が待ち合わせて空の旅に出ようとしているのは、その第一歩でした。

夢と現実

この作品を収めた文庫本の著者「あとがき」には、「日本のどこにでもある場所を舞台にして、時間を凝縮した手法を使って、海外に留学することが唯一の希望であるような人間を書こうと思った。」とあります。最初に、単行本として出版された時のタイトルは、その意図をそのまま生かした「どこにでもある場所とどこにもいないわたし」でした。文庫化するにあたって改題したのは、そのモロの意図性を希薄化するためと考えられます。

「空港にて」という作品にあてはめてみると、まず空港は「日本のどこにでもある場所」と、おおよそは言えますが、「わたし」が「海外に留学することが唯一の希望であるような人間」かとなると、やや疑問です。「わたし」の夢は、ある外国映画を観たことがきっかけですが、それが海外留学と直接、結び付くわけではないからです。さらには、旧タイトルにある「どこにもいないわたし」というのも違うような気がします。少なくとも、これまでの、けっして順風ではなかった人生に対して、「わたし」は、しかたのないこととして受け入れて、まさにそこしか選択肢がなかったという場で生きてきたからです。

ところが、作品の現在時になると、変わります。最初と最後の部分に象徴されるように、「わたし」が「どこにもいないわたし」になるのです。それは、「わたしの自由と可能性の限界」を越える、夢が叶うかもしれないという事態に直面し、それをまだ受け入れられていないからです。先に記した「意志も感情も持たない、匿名的な存在のように設定されている」というのは、その意味です。

加えて、「この男はいつまでわたしに優しくしてくれるのだろうか。離婚を経験したからだろうか。わたしには、どんなによい関係でもいつかは終わるのだという確かな思いがあった」のでした。サイトウを待つ間も、いや、それ以前から、その思いが繰り返しよぎっていたにちがいありません。その現実のショックに備えるためには、無意識にも平静を装うしかなかったのでしょう。

末尾部分の、ギリギリで姿を見せたサイトウに気付いたとき、感極まった態度を示すのが普通ではないでしょうか。しかし、それを描くことなく、そのとき「わたし」の目に入ったものだけを示した、最後の一文は、それでもなお、予想外の喜ばしい現実であるゆえ、それを受け入れきれずにいる「わたし」のありようを、ドライに示すものになっています。

最後

濡れたカエデの葉の奥に、東屋（あずまや）が見えてくる。そこには人影が座っている。雨の匂いを吸い込んで気持ちを鎮（しず）め、そのまま孝雄は東屋に近づいていく。葉群れを過ぎて、東屋の全体が目に入る。

淡い緑色のスカートをはいた、女性だ。

孝雄は立ち止まる。

コーヒーを口の位置に持ち、柔らかそうな髪を肩より上で切り揃えた彼女が、ふわりと彼を見る。


泣き出しそうに緊張した雪野の表情がゆっくりと笑顔に変わるのを、まるで雨がやむみたいだと思いながら、孝雄は眺めた。

「小説　言の葉の庭」

新海誠

最初

こういうことを、高校に入るまで俺は知らなかった——と秋月孝雄は思う。

言葉にはどんな力があるのか？

「小説　言の葉の庭」は、新海誠が脚本を書き監督した「言の葉の庭」というアニメ映画を、自らノベライズした作品です。二〇一三年に上映され、小説はその翌年に発表されました。

映画と小説では、メディアが異なりますが、基本となる物語の設定と展開は共通しています。ただ、映画に比べ、物理的な制約が少ない分だけ、小説のほうがより多角的・複層的になっています。

小説は十話から構成され、それにエピローグが付加されます。各話は、視点人物がそれぞれ異なり、第一話は秋月孝雄の視点、最後のエピローグは秋月孝雄と雪野百香里の二人の視点が交互に出てきます。この二人以外に、孝雄の兄の翔太（第三話）、雪野の元同僚の伊藤宗一郎（第六話）、雪野の元教え子の相澤祥子（第七話）、孝雄の母・怜美（第十話）の視点・語りになっています。こういう構成は、映画ではできないことでしょう。だからこそ、新海はそれを小説で試みたと言えます。

この作品を、あえてまとめて言うならば、もろもろのアンバランスのうえに、かろうじて均衡を保って成り立っている世界を描いたものです。それは、雪野の中学時代の国語教師・陽菜子先生が学校を辞めるときに発した、「大丈夫。どうせ人間なんて、みんなどっかちょっとずつおかしんやけん」という言葉に象徴されています。

そのアンバランスさは、この作品に登場する個々人においても、互いの人間関係においても、あてはまります。主たる登場人物たちは、そのアンバランスに悩んだり傷ついたりしながら、同じ時間の中を生きています。誰一人として、バランスのとれた、安定した人生を送っている人はいません。そして、時系列的に見れば、ほぼ同時に起きている出来事が、各人物の視点を通すと、それぞれのアンバランスな生き方の結果として、違ったふうに捉えられ、それでも何とか生きながらえているように見えてきます。

その中心に位置するのが、孝雄と百香里の二人ですが、この二人は、年齢といい、容姿といい、立場といい、家庭環境といい、すべてがアンバランスです。にもかかわらずというか、それゆえにというか、互いに惹かれあってゆくことになります。

言葉と人生

最初の一文「こういうことを、高校に入るまで俺は知らなかった」という孝雄の思いは、映画では、当人のモノローグとして語られます。「こういうこと」という指示表現は、その直後に続く、高校に入って初めての満員電車での通学の大変さを指し示している、ととるのが、文脈的には自然です。しかし、それだけのことならば、その経験のある人が一様に感じることでしかありません。

これが作品全体の冒頭に位置していると考えると、それだけでは終わりません。孝雄が高校生になって以降の、初めての経験のすべてが、その都度「俺は知らなかった」ことなのでした。その経験の核となるのが、雨の降る日、新宿御苑内の日本庭園にある東屋での、百香里との出会いでした。

二人が出会って五年後、二人は再会します。孝雄は高校卒業後、靴職人になるために留学していたフィレンツェから一時帰国。百香里は孝雄も在学していた高校の教師を辞めた後、地元四国の小さな島の学校で古典の教師として勤めていましたが、孝雄の帰国に合わせて上京します。

そして、ラストの場面です。最後の一文だけは文末が「た」止めですが、それまでは現在形の描写が続いていて、いかにも映像的です。実況中継的に、五年前の出会いが再現する瞬間が刻々と迫る様子を表わしています。最後の一文にある「泣き出しそうに緊張した雪野の表情がゆっくりと笑顔に変わるのを、まるで雨がやむみたいだ」というのは、映像ではいったいどのように表象されるでしょうか。

というのも、新海自身が「あとがき」に、「たとえば、「彼女は迷子のような微笑を浮かべた」という文章を書く。そのたびに、どうだ！　と僕は（アニメーション監督である自分に向けて）思った。どうだ、これは映像では表現困難だろう。（略）不安そうな表情にはなるだろうが、「迷子のような」という簡潔な直喩に届く映像を作ることはたいへんに難しい。」と書いているからです。この「雨がやむみたい」な笑顔も、まさにそれでしょう。

もちろん、映像は映像ならではの持ち味があります。しかし、新海は言葉だけによってしか成り立ちようのない小説においてのみ可能な世界、つまり「言の葉の庭」を、この作品において実現しようとしたのでした。それは、作品世界を生きる登場人物たちもまた、さまざまな古今の言葉によって傷つけられたり励まされたりすることを示してもいます。

「音符」

沢木耕太郎

受話器を置くと、静子は放心したようにしばらくその場に立ちつくした。もう、すべては終わった。その安堵感が心を軽くしてくれるような気がした。

そうだ、二階で待っていよう。

最後

また、ブザーが鳴った。

静子は窓辺を離れると、暗い階段をゆっくりと降りはじめた。のぼるときより降りるときの方がつらかった。一段、一段、腰掛けたまま、ずり落ちるように降りた。

降りるのがこんなにつらくなかったら、もっと頻繁に二階に上がってくることができたろうにと思いながら。

結婚、人生とは何か？

ノンフィクション作家として有名な沢木耕太郎の初めての短編小説集が『あなたがいる場所』です。「音符」という作品は、それに収められた九編のうちの一編で、「クリスマス・プレゼント」とともに、老人を取り上げたものです。

「音符」というタイトルは、アジサイの花の比喩で、作品の前半に、次のように出てきます。

ポツン、ポツンと咲いている花を目で追うと、それが音符のように思えてきた。緑色の黒板に書かれた大きな音符。棒や髭（ひげ）のついていない全音符が淡い色をつけて散らばっている。五線譜は見えないが、咲いている花の位置の違いが音の高低に思える。

このアジサイの花による音符のメロディーから、ある童謡を思い出す場面が、作品の末尾に見られ、それがこの作品の主題とも関わってきます。

中心人物である静子は、アジサイが嫌いでした。子供の頃から好きではなかったのですが、中学校の美術教師だった夫が、庭のアジサイを一心に描くようになってからは、「その花が内気を装って媚（こび）を売っている女性のように見えてきて」、嫉妬混じりに嫌いになったのでした。それが、あることをきっかけに、急にとても美しく見えるようになったのです。

そのきっかけは、冒頭部分では暗示されるだけです。「受話器を置くと、静子は放心したようにしばらくその場に立ちつくした。」とありますが、いったい、どこに何の電話を掛けたのでしょうか。続く「すべては終わった。」という一文からは、静子に関わる何かに結着が付いたということはうかがえます。しかし、その実態は最後近くまで行かないと、分かりません。そこまでは、久しぶりに二階に上がって、庭の様子を眺めながらの、静子の追憶が続きます。

静子は小学校の教師でした。何歳の時かは示されていませんが、妻子持ちの男性と出会い、一緒になったのでした。そして二人だけの生活が続きました。その後、病を得た夫のために、定年前に退職し、自宅で介護に専念する日々を送っていました。じつは、冒頭の「すべては終わった。」というのは、その夫がついに亡くなったということでした。介護の多忙から解放され、静子はようやく自らの人生を振り返ってみる機会と時間を持てたことになります。

人生の決断

思い出されるのは、夫のことよりも教え子たちのことでした。夫とのことは、取り立ててどうこうなく、それなりに満ち足りた生活だったのでしょうが、それでも、心に残ることが二つありました。一つがアジサイのことで、もう一つが写真のことでした。夫が大事に仕舞っていた写真には、静子の知らない男の子が映っていました。認知症も進んだ夫が時折、口にする「マサキ」というのが、その写真の男の子で、別れた一人息子の子でした。

一日でも夫に、その孫と会わせてあげたいと思った静子は、たまたまバスで知り合った男の子に、孫になりきるように頼みます。そして、それが実現した翌日、思い残すことがなくなったかのように、夫は亡くなったのでした。

音符に見立てたアジサイの花から静子が思い当たったのは、「仲よし小道」という童謡でした。その歌を口ずさみながら、彼女はふと思います、「本当に仲よし小道はどこの道だったのだろう。わたしたちの仲よし小道は」。

「わたしたち」とは、もちろん静子と夫のことであり、「本当に仲よし小道」はどこにもなかったという反語ではありません。連れを失った後に、これからも何度となく繰り返されるであろう、二人の生活を偲ぶ始まりでした。それは同時に、自分のその時々の人生の決断が妥当なものだったかを問い返すことでもありました。

たとえば、妻子ある夫に恋してしまったこと、そして夫に妻子を捨てさせたこと、一度は妊娠したのに、夫の望みによって堕ろしたこと、仕事を辞めて独力で夫の介護をすることにしたこと、などなど。もともと穏やかで口数の少なかった夫は、静子のそれらの決断について、何も語ることなく、黙って受け入れるだけだったと思われます。そういう関係がはたして「本当に仲よし」ということだったのかどうか。

末尾の「また、ブザーが鳴った。」は、静子から夫の死を知らせる電話を受け、事情聴取に警察官が来たことを知らせるものでした。続く最後の一段落は、追憶から現実に引き戻されるとともに、静子自身すでにかなり年老いていることを物語っています。肉体だけでなく、頭も心も。しかし、そうなりながらも、静子は一人で、そしておそらくは静かに長く生き続けることになるのでしょう。

翌日、折田家にみつこから電報が届き、そこには、フキコチツレテヨニゲシマスオゲンキデ、と書かれていた。

みつこの住んでいた家は間もなく壊され、そこにはアパートが建つことになり、その工事が始まった頃には、どの子もそれぞれ、新しい塾を見つけて通い始め、南区に足を踏み入れることもほとんどなくなっていた。

「犬聟（むこ）入り」

多和田葉子

昼さがりの光が縦横に並ぶ洗濯物にまっしろく張りついて、公団住宅の風のない七月の息苦しい湿気の中をたったひとり歩いていた年寄りも、道の真ん中でふいに立ち止まり、斜め後ろを振り返ったその姿勢のまま動かなくなり、それに続いて団地の敷地を走り抜けようとしていた煉瓦色の車も力果てたように郵便ポストの隣に止まり、中から人が降りてくるわけでもなく、死にかけた蟬の声か、給食センターの機械の音か、遠くから低いうなりが聞こえてくる他は静まりかえった午後二時。

何のための最初と最後か？

多和田葉子の芥川賞受賞作「犬聟入り」。やはり、こういう作品も取り上げないと、フェアではないでしょう。なぜかと言えば、この作品の最初と最後の部分は、物語の内容や展開との関連性が非常に薄いからです。そういう始まり方と終わり方をする小説もあること、そしてそれにもそれなりの意味があることを示してみます。

冒頭の一段落は、その描写対象のありように似て、時が止まったかのような、とても長い一文から成っています。長々しい連体修飾句を受けるのが、文末の「午後二時」ですが、その時間にそこで何かが起こるわけではまったくありません。ただ、これに続く第二段落で、その「公団住宅」内にある電柱に、〈キタムラ塾〉と書かれた貼り紙があることを示すまでの前置きのようなものです。

その塾がこの物語の舞台となるのですが、くだんの団地の中あるいは近くにあるのではなく、反対側の区にあります。団地があるのが新たに開発された住宅地の北区、塾があるのが南区で、こちらは古くは栄えた地域です。両区の、このような新旧の対比は、それぞれに住む人々の心性の違いとして、物語の中にさまざまな形で表われます。しかしながら、それは冒頭部分だけから予想できることではありません。

最後の一段落は、直前に二行空けてあり、いわば後日談のような形で据えられています。内容もたしかに後日談なのですが、塾長だった「みつこ」が立ち去り、塾の家も壊されてしまうのですから、むしろ出来事の痕跡をすべて消去するようなものです。つまり、この作品は、語られている間だけ存在する世界・出来事を描いたものということです。小説の世界はどれもそうであるとも言えますが、とりわけ最後の一文から、そのことが強く印象付けられます。

この作品が、「犬聟入り」というタイトルが示すように、現代版の民話仕立てになっているのも、このことに密接に関わっています。古くからの民話だからこそ許される、実際にはありえないようなことが、まことしやかに語られるのです。

とはいえ、昔のままの民話の形では通用しませんから、現代版らしい工夫が施されます。それが、新興の北区に住む、子供の親たちによる合理化です。自分たちの現実に見合うように、いかにもありそうな噂話に落とし込んで説明しようとするということです。そして、末尾でのすべての消去は、まるで何事もなかったかのように、いずれ忘れ去られることをも示しています。

物語と日本語

この作品の主要な人物の登場は、いつも唐突です。塾長の「北村みつこ」からして、明らかなのは、その名前と、三九歳という年齢だけで、他の素性は最後まで分からずじまいです。加えて、普段の身なりも振る舞いも普通ではありませんから、世間の噂にのぼるのも無理ありません。それでも、その天然ぶりが、子供たちには親しまれたのでした。

「太郎」と自称する男の登場も、きわめて突然です。夏休みのある日、塾を訪れて、そのままみつこと「犬聟」的な関係となって、一緒に住むようになります。もちろん、「太郎」という、いかにも犬のような名前ですが、れっきとした人間です。ただ、彼は以前、野犬の大群に襲われてから、精神に異常をきたし、行方不明になっていたのでした。その事件の直後に事情を知った太郎の祖母が「この子は、もう駄目だ。わるいモノに憑かれた」と言ったのが、まるで予言だったかのようです。みつこと一緒になってからの太郎の行動もただごとではなく、さすがのみつこも持て余すようになりますが、やがて、来たときと同じように、突然姿を消してしまうのでした。

　このような、正体不明で尋常ではない登場人物たちですが、読み手としては、それらをそのまま認めるしかありません。それが無理なく可能であるとすれば、ひとえに言葉の力、物語の力によるものです。

　では、なぜこの作品ではそれが可能なのでしょうか。それは、多和田と日本語の関係にあります。彼女は日本人ですが、ドイツに暮らし、日本語でもドイツ語でも作品を書いているという、珍しい作家です。そういう彼女にとって、日本語も当たり前なものではなく、否応なく相対化されてしまうはずです。その結果、彼女の用いる日本語には、どこか外国人がいちいち確かめながら書いているような、独特な感じがあります。

　それは、多用される〈　〉で括られる言葉やオノマトペに顕著に表われています。それらが喚起する違和感なり意外感なりが、そのまま物語の世界を形作り、まさに表現と内容が見合ったものとして、自然に受け入れられるものになっていると考えられます。

「不意の唖（おし）」

大江健三郎

外国兵をのせた一台のジープが夜明けの霧のなかを走ってくる。罠にかかった小鳥の翼を針金につらぬいてまるめたものを肩にかけ、谷間のはずれの自分の猟場をまわっていた少年がそれを見つけ、しばらくは息をつめてそれを見まもっていた。

最後

それから、ふいにジープがむきをかえると村へ入って来た道をひきかえして行った。村の人間は子供もふくめて誰一人それに注意をはらわず、ごく日常的な動作をしていた。道が村を出はずれるところで、女の子供が犬の耳をなでてやっていた。

外国兵のなかでいちばん澄んだ青い色の眼をした男が菓子の包みを投げてやったが、女の子供も犬も身うごき一つしないでその遊びをつづけた。

誰が啞なのか？

日本人で二人目のノーベル文学賞受賞者となった大江健三郎は、大学在学中に発表した「飼育」によって芥川賞を得、華々しいデビューを果たしました。この「不意の啞」という短編小説は、「飼育」と同じ、一九五八年の作品で、舞台設定も、「飼育」とよく似ています。

最初と最後の部分だけを読んでも、この作品には、ある日、外国兵を乗せた一台のジープが山奥の小さい村に訪れ、去って行くまでの間の、何らかの出来事が描かれていることが想像できます。その出来事が、村人にとって良からぬことであったことも、うかがえるでしょう。

この物語の時代は、敗戦直後の、日本が進駐軍に支配されていた頃です。場所のモデルは、おそらく大江の出身地である愛媛県の山村でしょう。平和ではあるものの、閉鎖的で貧しい片田舎に、何の予告もなく、外国兵がやって来たのですから、村人が好奇心を抱きながらも警戒するのは当然です。冒頭の少年の描写はそれを端的に表わしています。

ジープには、五人の外国兵と一人の日本人通訳が乗っていました。通訳をとおして、単に休憩をとるために立ち寄っただけであることが説明されます。彼らは、昼頃になると、暑さしのぎに、近くの谷川で水浴びを始めます。

事件の発端は、その後に生じました。通訳の脱いだ靴が見当たらなくなったのです。なぜ見当たらなくなったのか、真相は最後まで明らかにされません。

通訳は、村の誰かが隠したと思い込みます。ついには、村人すべての家探しに乗り出しますが、見つかりません。業を煮やした通訳は、村の長である、少年の父親に脅しをかけます。それに愛想を尽かして、その場を立ち去ろうとしたところ、いきなり少年の父親は外国兵の一人に銃で背中を撃たれて死んでしまうのです。

時代が時代ですから、この殺人事件も、公に訴えたところで、うやむやにされるか、へたをすると、逆に罪に問われかねません。残された村人たちがそのように考えてのことかどうか分かりませんが、出発が遅れ、村での泊まりを余儀なくされた彼らへの復讐（ふくしゅう）に出ます。

そこに、タイトルとなった「不意の唖」が登場します。

共同体としての対応

その夜、父親を失った少年が通訳をおびき出す役を買って出ます。靴の隠し場所へ案内するために来たと思った通訳は、死んだ村の長のことにはいっさい触れることなく、少年に、こう言います。「お前は唖か？」「唖でももの分りがいいな。お前の村の大人ときたら頭がどうかしてるよ」。その後、連れ出された通訳は、何人かの村人たちによって、溺れ死にさせられます。

この間、村人たちはあくまでも無言を通します。事前の話し合いもなければ、行為に及んだ最中も、一声も発しません。そして、翌朝、水死体の通訳が発見された時でさえ、何の反応も示さないのです。

つまり、その少年だけでなく、村人すべてが「啞」になったということです。というより村人たちには、古くからの共同体としての結束から言わず語らずの、暗黙の合意ができていたのです。外国兵はやむなく、自分たちで水死体の通訳を川から引き揚げ、ジープに乗せます。そうして、最後の場面となります。まるで何事もなかったかのような、しかし、その後、もしかしたら村人たちに何らかの危害が及ぶことになるかもしれないという、不吉な予感もただよう最後です。このような終わり方も、「飼育」に通じています。

末尾に登場する、犬の耳をなでている女の子供というのも、「いちばん澄んだ青い色の眼をした」外国兵というのも、ここで初めて描写される人物です。それ以前は、村の子供は子供で、外国兵は外国兵で、それぞれのグループとしてひとしなみにしか描かれていません。

末尾における、このような焦点化は、個別的にさえ、もはやコミュニケーションの成り立ちようがなくなってしまった、両グループの決定的な対立をくっきりと浮かび上がらせます。

考えてみれば、作品タイトルは「不意の啞」ですが、「不意」だったのは、何よりも外国兵たちの訪れでした。そのような異物としての相手に対しては、ことばが通じるか否かに関係なく、村人たちはおそらくこれまでも「啞」のように対応してきたのであって、それ自体が「不意」というわけではありません。

そして、その後も、外部から圧倒的・不可避的な圧力が及ばないかぎり、この村も村人もかたくなに「啞」であり続けたのでしょう。

「キッチン」

吉本ばなな

最初

私がこの世でいちばん好きな場所は台所だと思う。

最後

夢のキッチン。

私はいくつもいくつもそれをもつだろう。心の中で、あるいは実際に。あるいは旅先で。

ひとりで、大ぜいで、二人きりで、私の生きるすべての場所で、きっとたくさんもつだろう。

なぜ「台所」が「キッチン」に変わったのか？

吉本ばななの「キッチン」は、彼女が大学在学中の一九八七年に、文芸誌『海燕』十一月号に発表され、同誌の新人文学賞に選ばれました。さらに、続く「ムーンライト・シャドウ」と合わせて翌年出版された単行本は、ベストセラーになりました。

この作品の最初の一文に注目したのが、文芸評論家・加藤典洋の『言語表現法講義』（岩波書店）でした。加藤は、文末の「と思う」に違和感を覚え、自分が好きであることをそのままストレートに表わさずに、わざわざ「と思う」を付け加えるところに、自分をいきなり相対化してしまうという、アイデンティティの新しい示し方を認めたのでした。

最後の部分も同様です。繰り返される文末の「もつだろう」という推量表現は、未来のことですから、当然とも言えますが、自らの意志や希望という形をとらず、どこか他人事のような書き方になっていると思いませんか。普段の会話の中で、「私はいつか、夢のキッチンをもつだろう。」と言ったら、あきらかに変に聞こえるはずです。

このように、この作品の最初と最後は、表現のしかたにせよ、その対象にせよ、見事に照応し、完結したものになっています。ただ一点を除いて。

それは、「台所」と「キッチン」という、その場所の呼び方の違いです。なぜ「台所」が「キッチン」に変わってしまったのでしょうか。じつは、本文中には「台所」が三一回、「厨房」が一回現れるのですが、「キッチン」という語は、この結末の部分で初めて、唐突に出てくるのです。しかも、その最後に一回しか用いられていない「キッチン」が作品のタイトルにもなっているのです。

ここには、何らかの意図が想定されます。たとえば、作品名が「台所」だったとしたら、どうでしょうか。売れる売れないはともかく、若い女性が書いたデビュー作とは思われなかったでしょう。「厨房」だったら、料理人の物語と思われたかもしれません。これらに対して、「キッチン」という外来語ならば、新しくて、洋風で、若者のイメージを与えてくれます。

この語の選択が、吉本自身によって行われたのか、担当編集者のアドバイスによるものなのかは、分かりません。ただ、確かに言えそうなことは、ほんの数行前まで、ごく普通に使ってきた「台所」を、空白行を設けたうえでの結末の部分で「キッチン」に変えたとき、表現上のレベル・シフトが行われたということです。それは、これまでの物語の展開を、そこにおいてまとめる、あるいは締めくくると言ってもいいでしょう。

台所とキッチン

この作品で「台所」が示しているのは、すでにある現実の場所でした。そこは主人公の桜井みかげが祖母と二人だけで過ごしてきた場所であり、祖母亡き後に身を寄せることになった田辺家の台所でした。それに対して、末尾の「キッチン」はあくまでも「夢のキッチン」であり、未だ実現していない、みかげが生きるうえで望ましい場所なのです。この現実と非現実の場所を区別するために、「台所」を「キッチン」に置き換えたと考えることができます。

このように捉えてみると、もう一つ見えてくることがあります。それは、「台所」であれ、「キッチン」であれ、文字どおりの場所としてではなく、何らかの比喩になっているということです。作品の冒頭近くに、次のような箇所があります。

本当に疲れ果てた時、私はよくうっとりと思う。いつか死ぬ時がきたら、台所で息絶えたい。ひとり寒いところでも、誰かがいてあたたかいところでも、私はおびえずにちゃんと見つめたい。台所なら、いいなと思う。

つまり、私がおびえずに生きて死ぬことができる居場所、そこを「台所」と表現しているのです。逆に言えば、そういう場所でさえあれば、文字通りの「台所」でなく、どこでもかまわないということになります。最後の一文に「私の生きるすべての場所で」とあるように。

もう一つ、指摘したいことがあります。この作品は、ひとりぼっちになって、途方に暮れていたみかげが、これからどのように生きてゆこうとしているかを描いたものです。一種の、心の成長物語と言ってもよいでしょう。周りの人の優しさに包まれながらも、それにいつまでも甘えることなく、一人で生きてゆかなければならない、とみかげは思います。

一人でキチンと生きてゆく。この、倫理性を帯びた「キチン」というオノマトペが「キッチン」という語から容易に連想できるでしょう。末尾での、「台所」から「キッチン」への改変には、このような作品の主題との関連付けもある、というのは深読みでしょうか。

おわりに

このような本が出来上がったのは、ひとえに出版元である笠間書院の編集者・柴田真希都くんのおかげです。

おかげという割には、あまり素直に有難いという気持ちになれないのは、たぶん、終始、彼から有形無形の注文・催促があったからでしょう。これまで自分の好き勝手にばかり書いてきた者としては、それに応えるのはなかなかシンドイことでした。それでも、仕事の合間を縫って、数カ月で書き下ろすことができたのは、やはり柴田くんのおかげなのかもしれません。

書名も、ひそかにひねったものを考えていたのに、柴田くんにあっさり却下され、「最後の一文」という、じつにシンプルなものになりました。このタイトルで、話題にさえならなかったら、柴田くんのせいだからね。

「最後の一文」というと、すぐにO・ヘンリーの短編「最後の一葉」を連想してしまいます。思い立って何十年かぶりに読み返してみて、心底おどろきました。設定をまったく違って覚えていたのです。病気なのは小さい女の子、その一葉を描いたのはパパ、というふうに。なぜ、そう思い込んでしまったか、謎です。

もしこの作品を取り上げるとしたら、末尾のスーの科白(せりふ)に対して、ジョンジーがどのように反応したかを問題にしたことでしょう。あまりにあっけらかんとしたスーの秘密の暴露にショックを受けて、ジョンジーは死んでしまうのではないかと予想するような気がします。なにせ、葉が散るたびに、死ぬ死ぬと言っていたのですから。

こんなふうなことを書いたからといって、本著の続編で、海外の作品を取り上げることを前宣伝するのではありません。ただ、もし万が一、最後の一文に注目することが面白いと思われる読者が増えたら、その可能性はあるということに、期待まじりに、さりげなく触れてみただけです（柴田くん、このくらいでいいよね）。

このような本を、日本近代文学の研究者でも評論家でもない者が手掛けることになったのは、引き受ける方も引き受ける方ですが、ひとえにこの業界の事情に頓着しない柴田くんのおかげです。それに、新たな編集長や社長、さらには会長までが追い打ちをかけてきました。国語国文学関係の学術出版社の今後について、何の責任も取れない立場にありますが、社を挙げての新たな取り組みに対して、意気に感じるところがあったのは事実です。誤用の「役不足」ながら。

ベストセラーになるなどという贅沢はもとより、考えていません。ごくごくささやかな望みは、一年以内の増刷です。それで、柴田くんに特別ボーナスが少しでも出れば、良しとしましょう。著者自身としては、神保町のなじみの店「かもん」での一献で十分に満足です。

さて、本著も「最後の一文」といきましょう。「柴田くん、柴田くん、もう、ここらでよか」。これが本当の「西郷の一文」。西郷隆盛の生前最後の一言をもじってみました。

さすがに解説のしようもありませんね。

読書案内（出典一覧）

1

太宰治『走れメロス』新潮文庫
芥川龍之介『羅生門・鼻』新潮文庫
宮沢賢治『新編 風の又三郎』新潮文庫
森鷗外『阿部一族・舞姫』新潮文庫
葉山嘉樹『セメント樽の中の手紙』角川文庫
安岡章太郎『安岡章太郎全集　第四巻』講談社
中島敦『山月記・李陵』岩波文庫
山川方夫『夏の葬列』集英社文庫
寺山修司『寺山修司青春作品集5』新書館
小川洋子『おとぎ話の忘れ物』集英社

2

夏目漱石『夢十夜　他二篇』岩波文庫
梶井基次郎『檸檬』新潮文庫
二葉亭四迷『浮雲』新潮文庫
国木田独歩『武蔵野』新潮文庫
志賀直哉『小僧の神様　他十篇』岩波文庫
川端康成『掌の小説』新潮文庫
北条民雄『いのちの初夜』角川文庫

谷崎潤一郎『谷崎潤一郎　犯罪小説集』集英社文庫
安部公房『無関係な死・時の崖』新潮文庫
三島由紀夫『花ざかりの森・憂国』新潮文庫

3

向田邦子『思い出トランプ』新潮文庫
森見登美彦『新釈 走れメロス 他四篇』角川文庫
浅田次郎『夕映え天使』新潮文庫
乃南アサ『すずの爪あと』新潮文庫
池波正太郎『剣客群像』文春文庫
山本周五郎『日本婦道記』新潮文庫
藤沢周平『時雨みち』新潮文庫
山前譲編『殺意の海　釣りミステリー傑作選』徳間文庫
東野圭吾『宿命』講談社文庫
井上ひさし『四十一番の少年』文春文庫

4

井伏鱒二『山椒魚』新潮文庫
江戸川乱歩『江戸川乱歩作品集1』岩波文庫
横光利一『機械・春は馬車に乗って』新潮文庫
田山花袋『蒲団・一兵卒』角川文庫

5

岡本かの子『食魔』講談社文芸文庫
坂口安吾『坂口安吾全集5』ちくま文庫
尾崎一雄『暢気眼鏡・虫のいろいろ』岩波文庫
大岡昇平『靴の話　大岡昇平戦争小説集』集英社文庫
吉行淳之介『吉行淳之介全集　第五巻』新潮社
星新一『ボッコちゃん』新潮文庫

村上春樹『中国行きのスロウ・ボート』中公文庫
川上弘美『センセイの鞄』文春文庫
江國香織『つめたいよるに』新潮文庫
山田詠美『珠玉の短編』講談社文庫
村上龍『空港にて』文春文庫
新海誠『小説　言の葉の庭』角川文庫
沢木耕太郎『あなたがいる場所』新潮文庫
多和田葉子『犬婿入り』講談社文庫
大江健三郎『死者の奢り・飼育』新潮文庫
吉本ばなな『キッチン』新潮文庫

【著者プロフィール】

半沢幹一（はんざわ・かんいち）

1954年、岩手県生まれ。東北大学大学院文学研究科修了。博士（文学）。日本語表現学。共立女子大学文芸学部教授。表現学会理事。主な著書に、『題名の喩楽』（明治書院）、『表現の喩楽』（同）、『言語表現喩像論』（おうふう）、『向田邦子の思い込みトランプ』（新典社）など。共編著に『日本語文章・文体・表現事典』（朝倉書店）、『日本語表現学を学ぶ人のために』（世界思想社）、『日本語表現法』（三省堂）、『ケーススタディ日本語の表現』（おうふう）など。

最後の一文

2019年9月25日　初版第1刷発行

著者　半沢幹一

発行者　池田圭子

発行所　笠間書院
〒101-0064　東京都千代田区神田猿楽町2-2-3
電話03-3295-1331 FAX03-3294-0996

ISBN978-4-305-70897-7

装幀・デザイン —— 鎌内文（細山田デザイン事務所）
本文組版 ———— RUHIA
印刷／製本 ———— モリモト印刷

乱丁・落丁本はお取り替えいたします。（本文紙中性紙使用）
出版目録は上記住所または、
info@kasamashoin.co.jp までご一報ください。